台灣の讀者の皆さんへのコメント

海を越えて旅したことのない私の書いた小説が、
海を越えて多くの讀者の皆様のもとに屆いていることを、
心から嬉しく思っています。
この作品も、どうぞお樂しみいただけますように！

致親愛的台灣讀者

從未出國旅行的我，
這次很高興自己寫的小說能跨海與許多讀者見面，
希望這部作品能帶給您無上的閱讀樂趣。

京都みやげ

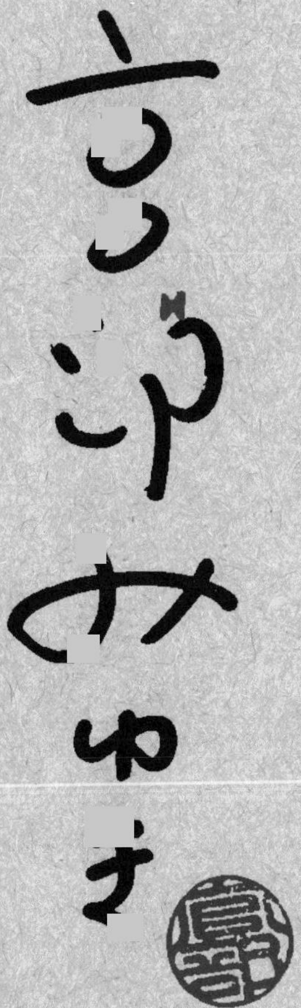

鎌鼬

かまいたち

宮部美幸

宮部 みゆき

吳季倫 譯

宮部美幸

作品集／69

MIYABE MIYUKI

鎌鼬

Contents

005 導讀 進入「宮部美幸館」，就是進入最具原創力與當下性的新新羅浮宮 張亦絢

011 導讀 宮部美幸的推理文學世界「增補版」 傅博

027 鎌鼬

107 朧月貴客

129 迷途之鴿

189 騷動之刀

259 作者後記

261 解說 妖由心生——《鎌鼬》解說 路那

導讀

進入「宮部美幸館」，就是進入最具原創力與當下性的新新羅浮宮

張亦絢

宮部美幸並不是不容錯過的推理作家——她是不容錯過的作家。她不只值得我們在休閒時光中，一飽推理之福，也為眾人締造了具有共同語言的交流平台，讓我們得以探討當代的倫理與社會課題。

在這篇導讀中，我派給自己的任務，是在高達六十餘部作品中，挑出若干作品，介紹給兩類讀者，一是還未開始閱讀宮部美幸者；二是面對她龐大的創作體系，雖曾閱讀一二，但對進一步涉獵，感到難有頭緒的讀者。

入門：名不虛傳的基本款

在入門作品上，我推薦《無止境的殺人》、《魔術的耳語》與《理由》。

《無止境的殺人》：對於必須在課業或工作忙碌時間中，抽空閱讀的讀者，短篇集使我們可以自行調配閱讀的節奏——小說其實具備我們在小學時代都曾拿到過的作文題目旨趣：假如我是×××——本作可看成「假如我是某某某的錢包」的十種變奏。擬人化的錢包是敘述者。如何在看似同一主題下，變化出不同的內容，本作也有「趣味作文與閱讀」的色彩，是青春期讀者就適讀的想像力之作。短篇進階則推《希望莊》。從短篇銜接至較易讀的長篇，《逝去的王國之城》則是特

別溫馨的誠摯之作。

《魔術的耳語》：這雖不是作者的首作，卻是作者在初試啼聲階段，一鳴驚人的代表作。北上次郎以〈閱讀小說的最高幸福〉讚譽，我隔了二十年後重讀，依然認爲如此盛讚，並非過譽。媚工、心智控制、影像——分別代表了古老非正式的「兩性常識」、傳統學科心理學或醫學，以至商業新科技三大面向的操縱現象及後遺症——這三個基本關懷，會在宮部往後的作品，比如《聖彼得的送葬隊伍》中，不斷深入。雖是作者的原點之作，也已大破大立。

《理由》：與《火車》同享大量愛好者的名作；雖然沒有明顯資料顯示，是枝裕和的《小偷家族》受到《理由》一書的影響，但兩者除了有所相通，寫於一九九九年的《理由》更是充分顯露宮部美幸高度預見性天才的作品。住宅、金融與土地——社會派有興趣的主題，偶爾會得到若干作家略嫌枯燥的處理——《理由》則以「無論如何都猜不到」的懸疑與驚悚，令人連一分鐘也不乏味地，就看完了批判經濟體系的上乘戲劇。說它是「推理大師爲你／妳解說經濟學」，還是稍微窄化了這部小說。除了推理經典的地位之外，也建議讀者在過癮的解謎外，注意本作中，無論本格或社會派中，都較少使用的荒謬諷刺手法。

冷門？尺度特別的奇特收穫

接著我想推三部有可能「被猶豫」的作品，分別是：《所羅門的僞證》、《落櫻繽紛》，與《蒲生邸事件》。

《所羅門的僞證》：傳統的宮部美幸迷，都未必排斥她的大長篇，比如若干《模仿犯》的讀者非但不抱怨長度，反而倍受感動。分成三部、九十萬字的《所羅門僞證》可能令人遲疑，節奏太慢？眞有必要？事實上，後兩部完全不是拖拉前作的兩度作續，三部都是堅實縝密的推理。最後一部的模擬法庭，更是將推理擴充至校園成長小說與法庭小說的漂亮出擊：宮部美幸最厲害的「對腦也對心說話」，更是發揮得淋漓盡致。此作還可視爲新世紀的「青春冒險小說」。說到冒險，過去的未成年人會漂到荒島或異鄉，然而現代社會的面貌已大爲改變：最危險的地方，就在「哪都不能去」的學校家庭中。誰會比宮部美幸更適合寫青春版的「環遊人性八十天」？少年少女之於宮部美幸，恰如黑猩猩之於珍古德，或工人之於馬克斯，三部曲可說是「最長也最社會派的宮部美幸」。

《落櫻繽紛》：「療癒的時代劇」，本作的若干讀者會說。但我有另個大力推薦的理由，我認爲，這是通往，小說家從何而來的祕境之書。除了書前引言與偶一爲之的書名，宮部美幸鮮少吊書袋。然而，若非讀過本書，不會知道，她對被遺忘的古書與其中知識的領悟與珍視。如果想知道，小說家讀什麼書與怎麼讀，本書絕對會使你／你驚豔之餘，深受啓發。

《蒲生邸事件》：儘管「蒲生邸」三字略令人感到有距離，然而，融合奇幻、科幻、歷史、愛情元素的本作，卻可說是一舉得到推理圈內外矚目，極可能是擁護者背景最爲多元的名盤。如果對「二二六事件」等歷史名詞卻步，可以完全放下不必要的擔憂。跳脫了「你非關心不可」與「你知道也沒用」兩大陣營的簡化教條，這本小說才會那麼引人入勝。我會形容本書是「最特殊也最親民的宮部美幸」。

以上三部，代表了宮部美幸最恢宏、最不畏冷門與最勇於嘗試的三種特質，它們有那麼一點點專門的味道，但絕對値得挑戰。

中間門：看似一般的重量級

最後，不是只想入門、也還不想太過專門——介於兩者之間的讀者，我想推薦《誰？》、《獵捕史奈克》與《三鬼》三本。

《誰？》：小編輯與大企業的千金成婚，隨時被叫「小白臉」的杉村三郎成爲系列作中，業餘到專業的偵探。看似完全沒有犯罪氣氛的日常中，案中案、案外案——至少有三案會互相交織連鎖——其中還包括一向被認爲不易處理的陳年舊案。喜歡生活況味與懸疑犯罪的兩種讀者，都容易進入；宮部美幸還同時展現了在《樂園》中，她非常擅長的親子或手足家庭悲劇。動機遠比行爲更值得了解——這不但是推理小說的法則，也是討論道德發展的基本認識：不是故意的犯罪、不得已的犯罪與不爲人知的犯罪，爲何發生？又如何影響周邊的人？除了層次井然，小說還帶出了「少女勞動者會被誰剝削？」等記憶死角。儘管案案相連，殘酷中卻非無情，是典型「不犯罪外，也要學會自我保護與生活」的「宮部伴你成長」書。

《獵捕史奈克》：主線包括了《悲嘆之門》或《龍眠》都著墨過的「復仇可不可？」問題。節奏快、結局奇，曾在《魔術的耳語》中出現的「媚工經濟」，會以相反性別的結構出現。本作是在各種宮部之長上，再加上槍隻知識的亮眼佳構。光是讀宮部美幸揭露的「槍有什麼」，就已值回票價——何況還有離奇又合理的布局，使得有如公路電影般的追逐，兼有動作片與心理劇的力道。雖然不同年齡層的男人互助，也還是宮部美幸筆下的風景，但此作中宮部美幸對女性的關愛，已非零星或一閃而過，而有更加溢於言表的顯現。

《三鬼》：《本所深川不可思議草紙》的細緻已非常可觀，《三鬼》驚世駭俗的好，並不只是深刻運用恐怖與妖怪的元素。它牽涉到透過各式各樣的細節，探討舊日本的社會組織與內部殖民。以兼作書名的〈三鬼〉一篇爲例，從窮藩栗山藩到窮村洞森村，令人戰慄的不只是「悲慘世界」，而是形成如此局面背後「不知不動也不思」的權力系統。這是在森鷗外〈高瀨舟〉與〈山椒大夫〉譜系上，更冷峻、更尖銳也可說更投入的揭露——看似「過去事」，但弱勢者被放逐、遺棄、隔離並產生互殘自噬的課題，可一點都不「過去式」。雖然此作最令我想出聲驚呼「萬萬不可錯過」，不代表其他宮部的時代推理，未有其他不及詳述的優點。

透過這種爆發力與續航性，宮部美幸一方面示範了文學的敬業；在另方面，由於她的思考結構具有高度的獨立性與社會批判力，也令人發覺，她已大大改寫了向來只強調「服從與辦事」的「敬業」二字的涵意。在不知不覺中，宮部美幸已將「敬業」轉化爲一系列包含自發、游擊、守望相助精神的傳世好故事。

進入「宮部美幸館」，就是進入最具原創力與當下性的新新羅浮宮。

本文作者簡介

張亦絢

巴黎第三大學電影及視聽研究所碩士。早期作品，曾入選同志文學選與台灣文學選。另著有《我們沿河冒險》（國片優良劇本佳作）、《晚間娛樂：推理不必入門書》、《小道消息》、《看電影的慾望》，長篇小說《愛的不久時：南特／巴黎回憶錄》（台北國際書展大賞入圍）、《永別書：在我不在的時代》（台北國際書展大賞入圍）。二〇一九起，在BIOS Monthly撰寫影評專欄「麻煩電影一下」。

導讀　傅博

宮部美幸的推理文學世界「增補版」

日本當代國民作家宮部美幸

近年來在日本的雜誌上，偶爾會看到尊稱宮部美幸爲國民作家。怎樣才能榮獲這個名譽呢？好像沒有確切的答案，然而綜觀過去被尊稱爲國民作家的作家生涯，便不難看出國民作家的共同特徵。

明治維新（一八六八年）一百多年以來，被尊稱爲國民作家的不多，夏目漱石和吉川英治是最早期的國民作家。夏目漱石是純文學大師，其作品具大眾性，一九一六年逝世至今，已歷九十年，其作品在書店仍然可見，代表作有《我是貓》、《少爺》等等。吉川英治是大眾文學大師，其作品有濃厚的思想性，對二次大戰戰敗的日本國民發揮了鼓舞的作用，其著作等身，代表作有《宮本武藏》、《新．平家物語》等等。

屬於戰後世代的國民作家有松本清張和司馬遼太郎。松本清張是社會派推理文學大師，其寫作範圍十分廣泛，除了推理小說之外，對日本古代史研究、挖掘昭和史等，留下不可磨滅的貢獻。司馬遼太郎是歷史文學大師，早期創作時代小說，之後撰寫歷史小說和文化論。這兩位作家的共同特徵是，著作豐富、作品領域廣泛、質與量兼俱。他們的思想對一九六〇年代後的日本文化發揮了影響力。

上述四位之外，日本推理小說之父江戶川亂步、時代小說大師山本周五郎，以及文學史上創作量最多、男女老少人人喜愛的赤川次郎也榮獲國民作家的尊稱。

綜觀以上的國民作家，其必備條件似乎是著作豐富、多傑作；作品具藝術性、思想性、社會性、娛樂性、普遍性；讀者不分男女，長期受到廣泛的老、中、青、少、勞動者以及知識分子的閱讀。

宮部美幸出道至今未滿二十年，共出版了四十三部作品，包括四十萬字以上的巨篇八部、長篇二十四部、中篇集四部、短篇集十三部，非小說類有繪本兩冊、隨筆一冊、對談集一冊。以平均每年出版兩冊的數量來說，在日本並非多產作家，但是令人佩服的是，其寫作題材廣泛、多樣，品質又高，幾乎沒有失敗之作。所獲得的文學獎與同世代作家相較，名列第一，該得的獎都拿光了。質的成功與量成比例，是宮部美幸文學的最大武器，也是獲得國民作家之稱的最大因素。

宮部美幸，本名矢部美幸，一九六〇年十二月二十三日生於東京都江東區深川。東京都立墨田川高中畢業之後，到速記學校學習速記，並在法律事務所上班，負責速記，吸收了很多法律知識。一九八四年四月起在講談社主辦的娛樂小說教室學習創作。

一九八七年，〈鄰人的犯罪〉獲第二十六屆《ＡＬＬ讀物》推理小說新人獎，〈鎌鼬〉獲第十二屆歷史文學獎佳作。一位新人，同年以不同領域的作品獲得兩種徵文比賽獎項實爲罕見。

前者是透過一名少年的觀點，以幽默輕鬆的筆調記述和舅舅、妹妹三人綁架小狗的計畫所引發的意外事件，是一篇以意外收場取勝的青春推理佳作，文風具有赤川次郎的味道。後者是以德川幕府時代的江戶（今東京）爲時空背景的時代推理小說。故事記述一名少女追查試刀殺人的凶手之經過，全篇洋溢懸疑、冒險的氣氛。

要認識一位作家的本質，最好的方法就是閱讀其全部的作品。當其著作豐厚，無暇全部閱讀時，則是先閱讀其處女作，因爲作家的原點就在處女作。以宮部美幸爲例，其作品裡的偵探，不管是系列偵探或個案偵探，很少是職業偵探，大多是基於好奇心，欲知發生在自己周遭的事件眞相，而做起偵探的業餘偵探，這些主角在推理小說是少年，在時代小說則是少女。其文體幽默輕鬆，故事收場不陰冷而十分溫馨，這些特徵在其雙線處女作之中已明顯呈現。

繼處女作之後的作品路線，即須視該作家的思惟了；有的一生堅持一條主線，不改作風，只追求同一主題，日本的推理小說家大多屬於這種單線作家——解謎、冷硬、懸疑、冒險、犯罪等各有專職作家。

另一種作家就不單純了，嘗試各種領域的小說，屬於這種複線型的推理作家不多，宮部美幸即是罕見的複線型全方位推理作家。她發表不同領域的處女作——推理小說和時代小說——同時獲得肯定，登龍推理文壇之後，此雙線成爲宮部美幸的創作主軸。

一九八九年，宮部美幸以《魔術的耳語》獲得第二屆日本推理懸疑小說大獎，拓寬了創作路線，由此確立推理作家的地位，並成爲暢銷作家。

宮部美幸作品的三大系統

這次宮部美幸授權獨步文化出版社，發行台灣版「宮部美幸作品集」二十七部（二十三部中有四部分為上下兩冊），筆者以這二十三部為主，按其類型分別簡介如下。

要完整歸類全方位作家宮部美幸的作品實非易事，然其作品主題是推理則毋庸置疑。筆者綜合故事的時空背景以及現實與非現實的題材，將它分為三大系統。第一類為推理小說，第二類時代小說，第三類奇幻小說，而每系統可再依其內容細分為幾種系列。

一、推理小說系統的作品

宮部美幸的出道與新本格派崛起（一九八七年）是同一時期，早期作品除可能受此影響之外，文體、人物設定、作品架構等，可就是受到赤川次郎的影響了。所以她早期的推理小說大多屬於青春解謎的推理小說；許多短篇沒有陰險的殺人事件登場，大多是以日常生活中的家庭糾紛為主題，屬於日常之謎系列的推理小說不少。屬於本系列的有：

1.《鄰人的犯罪》（短篇集，一九九〇年一月出版）收錄處女作以及之後發表的青春推理短篇四篇。早期推理短篇的代表作。

2.《完美的藍——阿正事件簿之一》（長篇，一九八九年二月出版／獨步文化版．宮部美幸作品集01——以下只記集號）「元警犬系列」第一集。透過一隻退休警犬「阿正」的觀點，描述牠與現在的主人——蓮見偵探事務所調查員加代子——的辦案過程。故事是阿正和加代子找到離家出走的少年，在將少年帶回家的途中，目睹高中棒球明星球員（少年的哥哥）被潑汽油燒死的過程。在搜查過程中浮現的製藥公司的陰謀是什麼？「完美的藍」是藥品名。具社會派氣氛。

3.《阿正當家——阿正事件簿之二》（連作短篇集，一九九七年十一月出版／16）「元警犬系列」第二集。收錄〈動人心弦〉等五個短篇，在第五篇〈阿正的辯白〉裡，宮部美幸以事件委託人登場。

4.《這一夜，誰能安睡？》（長篇，一九九二年二月出版／06）「島崎俊彥系列」第一集。透過中學一年級生緒方雅男的觀點，記述與同學島崎俊彥一同調查一名股市投機商贈與雅男的母親五億圓後，接獲恐嚇電話、父親離家出走等事件的眞相，事件意外展開、溫馨收場。

5.《少年島崎不思議事件簿》（長篇，一九九五年五月出版／13）「島崎俊彥系列」第二集。在秋天的某個晚上，雅男和俊男兩人參加白河公園的蟲鳴會，主要是因爲雅男想看所喜歡的工藤小姐一眼，但是到了公園門口，卻碰到殺人事件，被害人是工藤的表姊，於是兩人開始調查眞相，發現事件背後的賣春組織。具社會派氣氛。

6.《無止境的殺人》（長篇，一九九二年九月出版／08）將錢包擬人化，由十個錢包輪流講自己所見的主人行爲而構成一部解謎的推理小說。人的最大欲望是金錢，作者功力非凡，藉由放錢的錢包揭開十個不同的人格，而構成解謎之作，是一部由連作構成的異色作品。

7.《繼父》（連作短篇集，一九九三年三月出版／09）「繼父系列」第一集。一個行竊失風的小偷，摔落至一對十三歲雙胞胎兄弟家裡，這對兄弟的父母失和，留下孩子各自離家出走，於是兄弟倆要求小偷當他們的爸爸，否則就報警，將他送進監獄，小偷不得已，承諾兄弟倆當繼父。不久，在這奇妙的家庭裡，發生七件奇妙的事件，他們全力以赴解決這七件案件。典型的幽默推理小說集。

8.《寂寞獵人》（連作短篇集，一九九三年十月出版／11）「田邊書店系列」第一集。以第三人稱多觀點記述在田邊舊書店周遭所發生的與書有關的謎團六篇。各篇主題迥異，有命案、有日常之謎、有異常心理、有懸疑。解謎者是田邊舊書店店主岩永幸吉和孫子稔。文體幽默輕鬆，但是收場不一定明朗，有的很嚴肅。

9.《誰？》（長篇，二〇〇三年十一月出版／30）「杉村三郎系列」第一集。今多企業集團會長今多嘉親之司機梶田信夫被自行車撞死，信夫有兩個未出嫁的女兒，聰美與梨子。梨子向今多會長提議，要出版父親的傳記，以找出嫌犯。於是，今多要求在集團廣報室上班的女婿杉村三郎協助姊妹倆出書事務。聰美卻反對出書，杉村認爲兩姊妹不睦，藏有玄機，他深入調查，果然……

10.《無名毒》（長篇，二〇〇六年八月出版／31）「杉村三郎系列」第二集。今多企業集團廣報室臨時僱用的女職員原田泉與總編吵架，寄出一封黑函後，即告失蹤。原田的性格原來就稍有異常，今多會長要求杉村三郎調查眞相。杉村到處尋找原田的過程中，認識曾經調查過原田的私家偵探北見一郎，之後杉村在北見家裡遇到「隨機連環毒殺案」第四名犧牲者的孫女古屋美知香，於是捲入毒殺事件的漩渦中。杉村探案的特徵是，在今多會長叫他處理公務上的糾紛過程中，因其正義感使他去解決另外的事件。

以上十部可歸類爲解謎推理小說，而從文體和重要登場人物等來歸類則是屬於幽默推理、青春推理爲多。屬於這個系列的另有以下兩部。

11.《地下街的雨》（短篇集，一九九四年四月出版／66）。

12.《人質卡農》（短篇集，一九九六年一月出版）。

以下九部的題材、內容比較嚴肅，犯罪規模大，呈現作者的社會意識。有懸疑推理、有社會派推理、有報導文體的犯罪小說。

13.《魔術的耳語》（長篇，一九八九年十二月出版／02）獲第二屆日本推理懸疑小說大獎的社會派推理傑作。三起看似互不相干的年輕女性的死亡案件，和正在進行的第四起案件如何演變成連續殺人案。十六歲的少年日下守，爲了證實被逮捕的叔叔無罪，挑戰事件背後的魔術師的陰謀。宮部美幸早期代表作。

14.《Level 7》（長篇，一九九〇年九月出版／03）一對年輕男女在醒來之後失去記憶，手臂上被印上「Level 7」；一名高中女生在日記留下「到了 Level 7 會不會回不來」之後離奇失蹤。尋找自我的男女，和尋找失蹤女高中生的眞行寺悅子醫師相遇，一起追查 Level 7 的陰謀。兩個事件錯綜複雜，發展爲殺人事件。宮部後期的奇幻推理小說的先驅之作、早期代表作。

15.《獵捕史奈克》（長篇，一九九二年六月出版／07）持散彈槍闖入大飯店婚宴的年輕女子關沼慶子、欲利用慶子所持的槍犯案的中年男子織口邦男、欲阻止邦男陰謀的青年佐倉修治、欲去探望臥病妻子的優柔寡斷的神谷尚之、承辦本案的黑澤洋次刑警，這群各有不同目的的人相互交錯，故事向金澤之地收束。是一部上乘的懸疑推理小說。

16.《火車》（長篇，一九九二年七月出版）榮獲第六屆山本周五郎獎。停職中的刑警本間俊介受親戚栗坂和也之託，尋找失蹤的未婚妻關根彰子，在尋人的過程中，發現信用卡破產猶如地獄般的現實社會，是一部揭發社會黑暗的社會派推理傑作，宮部第二期的代表作。

17.《理由》（長篇，一九九八年六月出版）二〇〇一年榮獲第一百二十屆直木獎和第十七屆日本冒險小說協會大獎。東京荒川區的超高大樓的四十樓發生全家四人被殺害的事件。然而這被殺的四人並非此宅的住戶，而這四人也不是同一家族，沒有任何血緣關係。他們爲何僞裝成家人一起生活？他們到底是什麼人？又想做什麼？重重的謎團讓事件複雜化，事件的眞相是什麼？一部報導文學形式的社會派推理傑作。宮部第二期的代表作。

18.《模仿犯》（百萬字長篇，二〇〇一年四月出版）同時榮獲第五十五屆每日出版文化獎特別獎，二〇〇二年同時榮獲第五屆司馬遼太郎獎和二〇〇一年度藝術選奬文部科學大臣獎文學部門獎。在公園的垃圾堆裡，同時發現女性的右手腕與一名失蹤女性的皮包，不久凶手打電話到電視公司和失主家中，果然在凶手所指示的地點發現已經化爲白骨的女性屍體，是利用電視新聞的劇場型犯罪。不久，表面上連續殺人案一起終結，之後卻意外展開新局面。是一部揭發現代社會問題的犯罪小說，宮部文學截至目前爲止的最高傑作，推理文學史上的不朽名著。

19.《R．P．G》（長篇，二〇〇一年八月出版／22）在食品公司上班的所田良介於杉並區的建築工地被刺死，在他的屍體上找到三天前在澀谷區被絞殺的大學女生今井直子身上所發現的同樣纖維，於是兩個轄區的警察組成共同搜查總部，而曾經在《模仿犯》登場的武上悅郎則與在《十字火焰》登場的石津知佳子連袂登場。是一部現今在網路上流行的虛擬家族遊戲爲主題的社會派推理小說。

宮部美幸的社會派推理作品尚有：

20.《刑警家的孩子》（長篇，一九九〇年四月出版／65）。

21.《不需要回答》（短篇集，一九九一年十月出版／37）。

二、時代小說系統的作品

時代小說是與現代小說和推理小說鼎足而立的三大大眾文學。凡是以明治維新之前為時代背景的小說，總稱為時代小說或歷史．時代小說。

時代小說視其題材、登場人物、主題等再細分為市井、人情、股旅（以浪子的流浪為主題）、劍豪、歷史（以歷史上的實際人物為主題）、忍法（以特殊工夫的武鬥為主題）、捕物等小說。

捕物小說又稱捕物帳、捕物帖、捕者帳等，近年推理小說的範疇不斷擴大，將捕物小說稱為時代推理小說，歸為推理小說的子領域之一。捕物小說的創作形式是日本獨有，其起源比日本推理小說早六年。一九一七年，岡本綺堂（劇作家、劇評家、小說家）發表《半七捕物帳》的首篇作〈阿文的魂魄〉，是公認的捕物小說原點。

據作者回憶，執筆《半七捕物帳》的動機是要塑造日本的福爾摩斯——半七，同時欲將故事背景的江戶的人情和風物以小說形式留給後世。之後，很多作家模仿《半七捕物帳》的形式，創作了很多捕物小說。

由此可知，捕物小說與推理小說的不同之處是以江戶的人情、風物為經，謎團、推理為緯而構成的小說。因此，捕物小說分為以人情、風物為主，與謎團、推理取勝的兩個系統。前者的代表作是野村胡堂的《錢形平次捕物帳》，後者即以《半七捕物帳》為代表。

宮部美幸的時代小說有十一部，大多屬於以人情、風物取勝的捕物小說。

22.《本所深川不可思議草紙》（連作短篇集，一九九一年四月出版／05）「茂七系列」第一集。榮獲第十三屆吉川英治文學新人獎。江戶的平民住宅區本所深川，有七件不可思議的事象，作者以此七事象爲題材，結合犯罪，構成七篇捕物小說。破案的是回向院捕吏茂七，但是他不是主角，每篇另有主角，大多是未滿二十歲的少女。以人情、風物取勝的時代推理佳作。

23.《幻色江戶曆》（連作短篇集，一九九四年八月出版／12）以江戶十二個月的風物詩爲題，結合犯罪、怪異構成十二篇故事。以人情、風物取勝的時代推理小說。

24.《最初物語》（連作短篇集，一九九五年七月出版，二〇〇一年六月出版珍藏版，增補一篇作品／21）「茂七系列」第二集。以茂七爲主角，記述七篇茂七與部下系吉和權三辦案的經過，作者在每篇另有記述與故事沒有直接關係的季節食物掌故，介紹江戶風物詩。人情、風物、謎團、推理並重的時代推理小說。

25.《顫動岩——通靈阿初捕物帳1》（長篇，一九九三年九月出版／10）「阿初系列」第一集。破案的主角是一名具有通靈能力的十六歲少女阿初，她看得見普通人看不見的東西，而且一般人聽不到的聲音也聽得到。某日，深川發生死人附身事件，幾乎與此同時，武士住宅裡的岩石開始顫動。這兩件靈異事件是否有關聯？背後有什麼陰謀？一部以怪異取勝的時代推理小說。

26.《天狗風——通靈阿初捕物帳2》（長篇，一九九七年十一月出版／15）「阿初系列」第二集。天亮颳起大風時，少女一個一個地消失，十七歲的阿初在追查少女連續失蹤案的過程中遇到邪惡的天狗。天狗的眞相是什麼？其陰謀是什麼？也是以怪異取勝的時代推理小說。

27.《糊塗蟲》（長篇，二〇〇〇年四月出版／19．20）「糊塗蟲系列」第一集。深川北町的鐵瓶大雜院發生殺人事件後，住民相繼失蹤，是連續殺人案？抑或另有陰謀？負責辦案的是怕麻煩的小宮井筒平四郎，協助他破案的是聰明的美少年弓之助。本故事架構很特別，作者先在冒頭分別記述五則故事，然後以一篇長篇與之結合，構成完整的長篇小說。以人情、推理並重的時代推理傑作。

28.《終日》（長篇，二〇〇五年一月出版／26．27）「糊塗蟲系列」第二集。故事架構與第一集一樣，在冒頭先記述四則故事，然後與長篇結合。負責辦案的是糊塗蟲井筒平四郎，協助破案的除了弓之助之外，回向院茂七的部下政五郎也登場，作者企圖把本系列複雜化，或許將來作者會將幾個系列納爲一大系列。也是人情、推理並重的時代推理小說。

以上三系列都是屬於時代推理小說。案發地點都在深川，但是每系列各具特色，有以風情詩取勝，也有以人際關係取勝，也有怪異現象取勝，作者實爲用心良苦。宮部美幸另有四部不同風格的時代小說。

29.《扮鬼臉》（長篇，二〇〇二年三月出版／23）深川的料理店「舟屋」主人的獨生女阿鈴發燒病倒，某日一個小女孩來到其病榻旁，對她扮鬼臉，之後在阿鈴的病榻旁連續發生可怕又可笑的不可思議的事，於是阿鈴與他人看不見的靈異交流。一部令人感動的時代奇幻小說佳作。

30.《怪》（奇幻短篇集，二〇〇〇年七月出版／67）。

31.《鎌鼬》（人情短篇集，一九九二年一月出版／69）。

32.《忍耐箱》（人情短篇集，一九九六年十一月出版／41）。

33.《孤宿之人》（長篇，二〇〇五年出版／28．29）。

三、奇幻小說系統的作品

史蒂芬．金的恐怖小說和奇幻小說《哈利波特》成爲世界暢銷書後，原處於日本大眾文學邊緣的奇幻小說獲得成長發展的機會，漸漸確立其獨立地位，而宮部美幸的奇幻小說就在這欣欣向榮的機運中誕生。她的奇幻作品特徵是超越領域與推理小說結合。

34.《龍眠》（長篇，一九九一年二月出版／04）榮獲第四十五屆日本推理作家協會獎的長篇獎。週刊記者高坂昭吾在颱風夜駕車回東京的途中遇到十五歲的少年稻村愼司，少年告訴記者：「我具有超能力。」他能夠透視他人心理，愼司爲了證明自己的超能力，談起幾個鐘頭前發生的事件眞相，從此兩人被捲入陰謀。是一部以超能力爲題材的奇幻推理傑作，宮部早期代表作。

35.《十字火焰》（長篇，一九九八年十一月出版／17．18）青木淳子具有「念力放火」的超能力。有一天她撞見了四名年輕人欲殺害人，淳子手腕交叉從掌中噴出火焰殺害了其中的三個人，另一個逃走了。勘查現場的石津知佳子刑警，發現焚燒屍體的情況與去年的燒殺案十分類似。也是一部以超能力爲題材的奇幻推理大作。

36.《蒲生邸事件》（長篇，一九九六年十月出版／14）榮獲第十八屆日本ＳＦ大獎。尾崎孝史爲了應考升學補習班上京，其投宿的飯店發生火災，因而被一名具有「時間旅行」的超能力者平田次郎搭救到一九三六年二月二十六日的二．二六事件（近衛軍叛亂事件）現場，兩名來自未來的訪客能否阻止起義而改變歷史？也是一部以超能力爲題材的奇幻推理大作。

37.《勇者物語——Brave Story》（八十萬字長篇，二〇〇三年三月出版／24．25）念小學五年級的三谷亘的父母不和，正在鬧離婚，有一天他幻聽到少女的聲音，決心改變不幸的雙親命運，打開幽靈大廈的門，進入「幻界」到「命運之塔」。全書是記述三谷亘的冒險歷程。一部異界冒險小說大作。

除了以上四部大作之外，屬於奇幻小說的作品尚有以下四部：

38.《鴿笛草》（中篇集，一九九五年九月出版）。

39.《僞夢1》（中篇集，二〇〇一年十一月出版）。

40.《僞夢2》（中篇集，二〇〇三年三月出版）。

41.《ICO——霧之城》（長篇，二〇〇四年六月出版）。

以上三十九部是小說。另有四部非小說類從略。

如此將宮部美幸自一九八六年出道以來，一直到二〇〇五年底所出版的作品，歸類爲三系統後，再按時序排列，便很容易看出作者二十年來的創作軌跡，也可預見今後的創作方向。請讀者欣賞現代，期待未來。

二〇〇七・十二・十二

本文作者簡介

傅博

文藝評論家。另有筆名島崎博、黃淮。一九三三年出生，台南市人。於早稻田大學研究所專攻金融經濟。在日二十五年以島崎博之名撰寫作家書誌、文化時評等。曾任推理雜誌《幻影城》總編輯。一九七九年底回台定居。主編「日本十大推理名著全集」、「日本推理名著大展」、「日本名探推理系列」以及「日本文學選集」（合計四十冊，希代出版）。二〇〇九年出版《謎詭．偵探．推理——日本推理作家與作品》（獨步文化），是台灣最具權威的日本推理小說評論文集。

鎌鼬

一

夜裡的雨愈下愈大，淅瀝瀝地敲打著薄木屋頂。獨自在家的阿葉聽著滂沱的雨聲，心中暗忖現下約莫戌時了。

父親玄庵方才出診，趕赴須田町救治一名急病患者。自他踏出家門，算來已有一個時辰。阿葉一邊縫補衣物一邊等門，愈等心裡愈不踏實。

（剛才應該陪爹一起去的。）

市井大夫玄庵住在八方原前段的十軒大雜院，懸壺濟世已有十五年。求醫病患雖多，但多半是掙錢僅夠當日支用的窮苦人家，自然鮮少有人付得起藥錢，而玄庵也明白「巧婦難爲無米之炊」的道理，說什麼都不肯收費。因此，儘管診所門庭若市，父女倆的日子仍是捉襟見肘。比起在富商大賈和諸侯領主身旁安閒享福的那些御用大夫，可說是天壤之別。

儘管如此，阿葉沒有半句怨言。父女倆三餐還能溫飽，替人縫針補線也可添些家用。不少患者會拿貨物充抵藥錢，不無小補。玄庵並非醫術拙劣，而是安於清貧度日，沒什麼好委屈的。母親生下阿葉不久便撒手人寰，此後十八年間，父女相依為命，倒也其樂融融。

阿葉從小自由奔放，圓嘟嘟的面頰，彎垂的眼尾，格外惹人喜歡。做起事來迅捷俐落，與玄庵同樣廣受患者的愛戴與信賴。

今晚父親遲歸，阿葉之所以提心吊膽，原因在於近日喧騰一時的殺人魔。九月以來，已有三名無辜百姓慘遭殺害。

初春以後，人們口耳相傳著這個殺人魔的惡跡。他如風般出現，又如風般消失。舉凡見過他的人，皆淪為刀下亡魂。此人心思縝密，鎖定的目標若是攜狗同行，便連狗一併砍殺，不留活口。手法亦相當凶殘，一刀斬首，受害者頭顱僅餘一層薄皮勉強連在軀幹上，搖搖欲墜。不知不覺間，殺人魔因毒辣的手段被冠上「鎌鼬」（註一）的名號。

更可怕的是，鎌鼬殺人分毫未取，江戶百姓無不聞之色變。由於鎌鼬的身分未明，種種臆測好似雪片漫天紛飛，有人指稱其實是武士上街拿人練刀，有人認為是無法謀生的流浪武士發狂，還有人說是近來興起尚武風潮的生意人藉此試藝，各路謠傳層出不窮。甚至出現是某座神社供奉神祇的腰刀嗜血而夜夜作亂，這種街頭報紙趨之若鶩的小道消息。

「想必此人劍術高明，但近日情況非比尋常。」玄庵曾這麼說：「劍具有某種魔力。大凡擁有劍豪美譽之人，皆已馴服此種魔力，並爲己所用。然而，功力未達化境者往往受劍力束縛，淪落至劍是主、人是僕的下場。」

去年，享保二年（一七一七年）二月，大岡越前守忠相才剛接任江戶南町奉行。忠相現年四十一歲，可謂榮獲破格拔擢的年輕町奉行。第六代將軍德川家宣與第七代將軍德川家繼施政低效不公，導致朝政崩壞，綱紀廢弛，英明果斷的第八代征夷大將軍德川吉宗，爲了徹底整飭奉行所與評定所（註二），大膽啓用這名青年才俊。

忠相果然不負眾望，在他的帶領下，一切重新步入軌道。

他尤其致力於改革警察暨司法制度。導正捕吏風紀，加速清理積案，多年來被關押在傳馬町大牢裡的尚未定罪者，亦獲得重啓舊案的機會。當然，忠相很快便獲得江戶市民的擁戴。

就在這個時候，鎌鼬出現了。

起初，人人都說「別擔心，大岡大人一下就會逮到人」，還有莊家開設賭盤，邀集下注鎌鼬何

註一：日本傳說中的妖怪，現身時猶如一陣旋風，使出像鐮刀似的利爪襲擊人類。

註二：町奉行所，掌管江户的司法、立法及行政。評定所，爲審判機關。

時落網。血氣方剛的年輕人則結群組隊，信誓旦旦必定親手「取下鎌鼬的項上人頭」。

然而，事與願違，鎌鼬始終沒有落網，連確切的線索都未能掌握。唯有令人不忍卒睹的屍體一具又一具增加。

到了秋風揚起的時節，百姓終於忍無可忍，紛紛指責奉行所和大岡大人的無能，蓄積已久的不滿旋即演變爲大舉撻伐。甚至有里長憂心忡忡，「再這樣下去，說不定連奉行大人都要被鎌鼬斬首啦」。其實江戶的奉行並非只有忠相一人，尙有一位中山出雲守坐鎭北町，可是這位已是耄耋老矣，再加上忠相平日享有盛譽，招致的抨擊益發猛烈。

與此同時，主上亦下令嚴加搜索，可惜遲遲未有斬獲。

漸漸地，猶如侵蝕人骨的疫病，肅殺之氣籠罩江戶的市街。家家戶戶閉門不出，終日惶惶不安，唯恐陌生人靠近。這股恐懼也蔓延到阿葉居住的大雜院。

（爹眞是的，仗著膽子大……）

阿葉擔憂父親的安危，一肚子氣全出在不在家的玄庵身上。

（不想想眼下是什麼情況！）

前來央請玄庵出診的是須田町一家水果盤商的年輕伙計，一路跑來氣喘吁吁，冷汗直淌。

「老闆娘頭暈眼黑地就昏過去了，可是求了好幾家診所，大夫都不情願出診，我急得要命，後來聽說這裡的大夫有膽量，一定會願意來醫病……」

玄庵一聽，當場就坐不住。阿葉自然極力勸阻父親出門。

「這回的殺人魔不同以往，即使是像爹這樣一眼就能看出是身無分文的窮大夫，還是會惹上殺身之禍。」

「江戶那麼大，又不是有幾百個鎌鼬到處殺人，用不著擔心。」

「那女兒陪爹一起去。」

「傻孩子，那樣更危險。」

話音未落，玄庵已趕著出診。年輕伙計保證會平平安安送大夫回家，但阿葉仍不放心，因爲父親說不定會自詡是「有膽量的大夫」，婉拒讓人送回來。她愈想愈懊惱，平時常陪父親出診，早知道今晚也該陪同前去，現在就不必一個人乾著急。

時間一分一秒流逝。屋外颳起風，吹得門板乒乓作響。

（況且是須田町……）

阿葉心焦如焚，已有十個人命喪在殺人魔的刀下，其中三起案子都發生在須田町附近。

（哪邊不好去，偏偏是去那邊。）

阿葉坐立難安，忍不住擺弄起早就收拾整齊的藥櫃，最後毅然抬起頭，做出決定。

（再等下去也不是辦法，去看看情況吧。）

阿葉是個性急的姑娘。拿定主意後迅即點亮燈籠，趿上鞋履，拉開大門。屋外雨急如箭，只見一片漆黑。阿葉打著油紙傘、拎上燈籠，邁過門檻，耳裡盡是落於傘面的嘩嘩雨聲。

所幸燈籠的光線尚可照亮腳邊。這是玄庵特別訂製的燈籠，白底黑字寫著「八方原前段　大夫新野玄庵」。如此一來，若行走夜路時偶遇病急求醫的人，便可及時趕往救治。太陽下山後，屋前也會掛上同樣的燈籠。

阿葉離開家門，低眉垂眼匆匆趕路，不一會就來到八方原。這片廣場介於筋違御門與青山下野守的官邸之間，共可通往八個方向：一往昌平橋，二往芋洗坡，三往駿河台，四往參河町一帶，五往連雀町，六往須田町，七往柳原，八往筋違御門，故得其名。阿葉暫且止步，燈籠亮光所及之處，看不到任何人影。遠方傳來一聲低吠，像是野狗的抽噎。

（別怕，阿葉，沒什麼好怕的！）

阿葉挺直腰，這樣告訴自己，再次快步前行。

燈籠映出細細長長的影子，每走一步便搖晃不已。阿葉走得很快，幾乎要追過地上那道長影。她走了又走，不見任何一個人迎面而來。傳入耳中的依舊僅有滂沱的雨聲。她停下腳步，舉起燈籠照向銀絲雨幕的遠方，只見路面一畦畦水窪映著燈籠的光亮，綿延不絕的夾道暗樹，及武士宅第那高聳幽黑的土牆。

（怎麼辦？）

阿葉咬著下唇。

（再往前走一段吧……反正就這麼一條路，爹要回家也得走這條路。）

想著，她陡然打了個寒顫。

（說不定爹已遇害，正躺在近旁的暗處，我卻渾然不覺地從他的身邊經過。）

阿葉再也捱不下去。她緊握著油紙傘柄心想，倘若此刻能拿幾千兩金子換取足以照亮天地的陽光，縱使得花上一輩子償還這筆巨款也甘之如飴，就在這一剎那……

傳來一聲撕裂黑暗的吶喊，接著是重物倒在泥濘裡的聲響。

阿葉心頭一凜，愣了一瞬，手中的傘一扔，便朝聲源處狂奔而去。還來不及感到恐懼，她的雙腿已先動起來。

叫聲是從左邊傳來。距離道路數步之處，有一條隱沒於樹林間的坡徑。阿葉踏著濕滑的泥土，爬上和屋子一般高的小平坡。直到這一刻，阿葉才眞正嚇得一動也不敢動。

燈籠照出一道黑色人影。阿葉的腳步聲引得對方轉頭探看，而旁邊還躺著一個人，像是一具隨意棄置的木偶。

（是鎌鼬！）

阿葉無法動彈。此時，她才體會到人們形容「腳底生根」是有憑有據的。她的喉嚨乾澀，發不出聲，只能呆立原地，甚至壓根忘了該吹熄燈籠。火光將阿葉照得一清二楚，也照出了那道人影。兩人隔著約莫十尺的距離，相互對峙。

對方一身黑衣，右手提著出鞘的刀，昂然佇立在大雨中。此人原爲覆面，可能是方才殺人時有些鬆脫，露出相貌。對方是個年輕男子，五官端正，目光炯炯且殺氣騰騰，身材高大肩寬。一邊衣袖割破，結實的胳膊裸露在外，連阿葉也能一眼看出他力大無窮。暗夜中，那道身影顯得無比巨大，彷彿阻擋阿葉的所有退路。

（要被殺了……我要被殺了！）

無數的念頭如走馬燈，掠過阿葉的腦海。

（我就要被殺了，我死了家裡只剩爹一個人。做夢都沒想過我會這樣死去，刀子砍在身上會不會疼呢？）

她像是凍結在原地，什麼都聽不見，連眨眼也辦不到。這一瞬間，比至今爲止的人生還漫長。只見男子的肩頭向前移動，阿葉決定聽天由命，縮起身子，闔上眼睛。

什麼事都沒發生。

阿葉提心吊膽地睜開眼睛，男子不見了。不曉得殺人魔消失於何方，她慌忙環顧四周，沒發現絲毫動靜，唯有張狂的雨聲灌入耳裡。

她握著燈籠的手不停發抖，膝蓋震顫不止。

（小命保住了……）

她的牙齒直打戰。

（小命保住了！雖然不清楚原因，總之活下來了……）

阿葉從頭到腳被豪雨淋得濕透，好不容易才邁開發軟的腿腳，走向倒在地上的那個人。原本她懷抱著一絲希望，說不定對方還沒斷氣，可是在目睹那悽慘的死狀後，立刻明白他已回天乏術。傷痕累累。致命傷是從左肩劈落的一記袈裟刀法造成。身上的衣物也沿著刀傷裂開，露出白蠟般的皮膚。

（未免太殘忍！）

死者是年約三十的武士。頭戴織錦緞的角巾，身穿外褂和褲裙的禮服，腰際佩有精巧的小藥盒。阿葉將燈籠湊近，辨識出上面的徽紋——圓圈中央有個「桐」字。她思索片刻，想不出來是哪一位諸侯的臣下。

屍體右手握著拔出的刀，雙眼圓睜，模樣相當駭人。阿葉別過臉，沿著坡徑下到路面時，四周依然空無一人。她連滾帶爬地往警備所跑。

當阿葉趕到最近的一間警備所時，恰巧南町奉行所捕快井手官兵衛也來到這裡。近來發生的「鎌鼬隨機殺人案」出動了所有的捕快，每天晚上和巡守隊員一起巡邏。在警備所待命的幾個巡守隊員一聽到阿葉的報案內容，無不激動得站了起來，唯獨四十出頭、正值壯年的捕快神色有異。

奉行所的捕快注定一輩子只能當底層的官差，每年三十袋米的固定俸祿加上十袋米的官職津貼，糧餉微薄，就算晉升爲資深捕快也僅加給五袋米。儘管不是不可能升上捕頭之位，但機會渺茫，或許拾荒人撿到金幣還要容易一些。

饒是如此，這在從前仍是一份好差事。正如俗稱「八丁堀（註）七大不可思議」的其中一項「有錢能使鬼推磨」，在過去那個時代，賄賂捕頭和捕快幾乎是公開的祕密。

忠相一上任，第一道命令就是嚴禁賄賂捕頭和捕快。在下令之後，還透過他培養的捕快心腹，監督同儕有無違法亂紀，不少人由於大量收受賄賂而遭到革職。不僅如此，忠相嚴格禁止藉助「探馬」辦案，並且發布公告，若是人手不足，則以巡守隊員做爲輔助。其實過去早有這道禁令，但一般捕吏並未依法遵循。不過，相傳奉行其實也擁有一批私人的「探馬」。

這些政令對庶民相當有益，然而，奉行所的部分捕頭和捕快抱怨四起，亦是不爭的事實。「探馬」雖然是捕頭和捕快的個人幫手，但此一身分有助於在街坊廣結人脈，當百姓有所求時，自然也能從中謀點小利。可是禁令一下，捕吏頓時少了幫手，不但辦案不便，工作也變得繁重。儘管有巡守隊補充人力，但很多時候就難以打馬虎眼了。於是，心懷不滿的人如同雨後春筍般出現。這事說來可悲，卻也順理成章。

這時，鎌鼬出現了，並且遲遲未能緝捕歸案，民間逐漸出現抨擊奉行的聲浪。這件事對懷有不滿的人來說，簡直求之不得。甚至傳出有奉行所的內部人士直言，乾脆別抓到鎌鼬才好——諸如此類荒唐的流言，連阿葉也曾耳聞。

（莫非這位捕快也覺得別抓到才好？）

官兵衛上上下下打量阿葉半晌，總算嫌麻煩似地起身。阿葉望著他，趕緊打消忽然浮現腦海的這個念頭。

阿葉、官兵衛，及兩名巡守隊員在雨中奔跑。四人分別吃力地爬上坡。這次有更多燈籠照亮小平坡。

「什麼都沒有啊。」官兵衛率先發難。

「小姑娘，妳會不會記錯？當眞是這裡嗎？」

註：江户時代町奉行所捕頭與捕快階層的下級武士宿舍區，後衍生爲捕吏的代稱。

今晚輪值的其中一名巡守隊員彌平問道。他是個頭髮黑白參半的老人。

「我沒弄錯，剛才真的在這裡。」阿葉急得嗓子都尖了。「可是不見了！」

「該不會是屍體不想淋雨，所以走掉了吧？」官兵衛從牙縫裡冷冷地擠出話，「這陣子膽小鬼變多，像這樣小題大作的事我已遇上第二回。託妳這笨丫頭的福，害我渾身濕透。」

官兵衛別開臉，彷彿要吐唾沫。阿葉感覺淚水湧上喉頭。彌平輕拍她的肩膀給予安慰，就著燈籠的光線進行搜索。搜索到一半，他不經意抬起頭，發現方才扭頭不理睬阿葉、兀自佇立雨中的官兵衛突然蹲下來，於是開口問：

「井手大人，您找到線索了嗎？」

「沒什麼，只是顆石子。」官兵衛不耐煩地回答。

「太奇怪了，怎會這樣？」阿葉忍不住語帶哭聲，「方才我真的看到一位武士大人遭到砍殺。我還看到了鎌鼬！」

「既然如此，屍體上哪去了？」官兵衛話中帶刺，「恐怕只是做了惡夢吧？往後記清楚，撒這種謊，小心犯下欺君之罪。」接著，他朝巡守隊員揚了揚下巴。「記下這姑娘的住處和名字。下回再胡鬧，便抓去警備所。」

二

「事情辦妥了？」

一個低沉的聲音問道。

「回大人的話，已處死。」

一個機敏的聲音回答。

「有無負傷？」

「沒有。可是……」

「怎麼？」

「恰巧經過的人看到了。」

「奉行所的人？」

「不是，是個年輕姑娘。」

「年輕姑娘……」對方的聲音頓了頓，頗爲感嘆地問：「是獨自走夜路？」

「是的，請恕我一時大意，竟放走她。」

「既已如此，追究無用。知道那姑娘的身分嗎？」
「知道。」
「好，立刻安排對策。」

拂曉時分，雨停了。
井手官兵衛天剛亮就出門，來到位於內神田、將軍直屬武士小田切政憲的府邸門前。
小田切家族領地為八千五百石，為家世顯赫的直屬武士。歷代家主皆榮任禁衛隊長，堪稱武藝高強且驍勇善戰的名門望族。現任家主政憲三十一歲，已是官拜六品的知名劍客。
「有事求見貴府的家臣大人。」官兵衛告訴守門人。
守門人嘴裡問「有何貴事？」，卻流露「區區奉行所的人來做什麼？」的眼神。
他略一尋思，如此答道：
「請代為稟告，在下昨晚於神田八方原前段拾得一物，應是貴府家臣重要之物，望請過目。」
直到天空泛起白光，玄庵總算回到家。
「病倒的那位老闆娘是中風。昨晚病況危急，必須時時刻刻守在一旁，所以在那裡住下。」

父親看來相當疲憊，但阿葉也一夜未曾闔眼。她一股腦地把昨晚的事說給父親聽。聽完事情的始末，玄庵撫著下巴。

「很奇怪吧？」阿葉口吻激動，「我眞的看到了，親眼看到了！」

阿葉忽然有股難以言喻的不祥預感，從父親的神情大致猜得到他在想什麼。他顯然十分煩惱，正在思索該如何敷衍女兒。

「爹不相信吧？」阿葉問道。父親頻頻搓撫下巴，換了腿盤坐。「爹根本不相信女兒吧？連爹都不肯相信女兒的話。」

「阿葉，妳聽爹說。」玄庵緩緩開口：「以前不也發生過這種情況嗎？」

阿葉想起來了。

「可是，那時候我還很小。」

孩提時代，阿葉有一段時期的夢境非常清晰。所幸未曾發生太嚴重的後果，頂多是半夜跳起來嚷著「房間裡有貓」並四處尋找，或早晨醒來問父親「昨天晚上在我枕頭旁邊講話的是誰」。當然，家裡既沒有貓也沒有那樣的人，全是她在夢境裡看到的。玄庵身爲大夫，明白想像力豐富的孩童會出現類似的狀況，但也知道有些孩童長大以後仍會持續看到清晰的夢境，因此一直將這件事掛在心上。

「何況，我昨晚走在外頭時是清醒的，根本沒睡著，不會是夢。」

「可是……」玄庵搔了搔下巴，「沒找到屍體吧？」

阿葉一時語塞。

「那是……鎌鼬藏起來了。」

「爲什麼要藏起來？之前犯案後並沒有藏起屍體啊。」

「因爲……我看到他的臉……」

「若是如此，在藏匿屍體之前，應該先殺了妳才對吧？」玄庵說完，換上安慰的口氣：「阿葉，昨晚是爹不好，讓妳一個人走夜路來接爹，想必妳心裡怕得緊，才會一時眼花看錯。」

阿葉低頭不語。

「誰都可能遇上這種事情。相傳連戰國時代的武將，也曾將柳樹誤認成敵人揮刀砍去。這不是妳的錯，都怪爹讓妳擔驚受怕。待會爹去一趟警備所賠不是，妳就別多想了。」

阿葉又氣又惱，眼淚都快掉下來。這樣的話她已聽過好幾遍。

山坡上沒找到屍體，她挨了一頓臭罵，也得到安慰和同情。天亮以後，消息靈通的人聞訊而來，說是探望，卻誰也不相信她的話。

「哎，明神神社下邊不也發生過嗎？一樣是個年輕姑娘，嚷嚷著她看見鎌鼬，大夥趕去一瞧，只是晾漿布板上掛著破布罷了。」

「對對對！唉，沒辦法，這陣子人人杯弓蛇影。」

「阿葉，別難過了，要怪就怪玄庵大夫不好。」

儘管阿葉一再強調自己確實親眼看到了，依然沒人將她的話當眞。她愈努力解釋，反而換來更多的勸慰，甚至是奚落。

「這麼說，鎌鼬那傢伙對美女沒轍嘍？不然，阿葉怎會毫髮無傷？」

「哎，那我用不著擔心了吧。」

「妳可不成，一遇上，立刻就會被一刀斃命！」

阿葉不禁嘆氣。再不久就是患者上門求診的時刻，她將洗淨晾乾的漂布捲捆起來，一邊回想著昨晚的經過。

那絕不是夢境，更不是幻影。

光是憶起那一幕，阿葉就背脊發涼。身爲大夫的女兒，對血腥味習以爲常，然而，近距離與那個渾身散發殺氣、手提血刀，腳邊還躺著一具慘死屍體的男子，四目相接的瞬間，她恐懼得全身僵硬，絕不是做夢。那不單是眼睛看到，也不單是耳朵聽到，而是全身上下感受到的極度驚恐。

（爲什麼屍體不見了呢？）

父親說得對，鎌鼬沒有理由藏匿屍體。之前犯案都是大剌剌地將死狀悽慘的屍體扔在大街上。

（還有，爲什麼沒殺我？）

這一點也令人疑惑。左思右想之際，屋外傳來呼喚聲，阿葉起身應門，只見門前站著巡邏捕快大町半五郎。

「方便打擾一下嗎？」半五郎笑著問道。

大町半五郎與玄庵年紀相仿，但體格遠比玄庵魁梧健壯，爲人亦是溫厚和氣。玄庵一提起他總是笑說，沒見過這麼沒架子的巡邏捕快。

「我都聽說啦，阿葉，昨晚妳遭罪了。」

半五郎這麼一說，阿葉心中立時燃起一絲希望。

「是啊，我眞的看到鎌鼬了，連長相都看見了。還有，那個遇害武士佩帶的小藥盒上的徽紋，我也記得清清楚楚。」

半五郎表情尷尬，略顯慌張地湊向她，急忙勸阻：

「欸，當心禍從口出。」

「我說錯話了嗎？」

「這還用問？不是沒找到屍體嗎？聽聞妳是一時看走眼，我才會安慰妳遭罪了。何況連個證據都沒有，豈能隨口說武士大人被殺？」

玄庵露出「爹早就告訴妳了」的神情望向女兒，阿葉頓時洩了氣。

「那麼，大町大人也認爲我是在說夢話嗎？」

「這個嘛，不至於是夢話，大概是類似的話吧。」半五郎笑道：「最該怪罪的是我們沒能盡早將鎌鼬繩之以法。」

「您說得對極了。」玄庵十分同意。

「哎，別這麼說，我們盡力了。」

阿葉冷不防迸出一句：

「我不服氣。」

玄庵和半五郎不禁張口結舌。

「說什麼我都不服氣。」阿葉擱在膝上的拳頭握得緊緊的，「你們一個個全不相信我，笑我在做夢、笑我眼花！」

「欸，別賭氣啊……」

「我非找出證據不可。我一定會找到確切的證據，然後用那項證據親手抓到鎌鼬。」

半五郎一臉錯愕，玄庵直搖頭，又撫起下巴。阿葉撂下話就悶不吭聲，半五郎臨走前再三叮囑

「千萬別衝動啊」。不久，第一個病患到來，展開了忙碌的一天，這件事就此擱下未提。

阿葉萬萬沒料到，一名相信她的伙伴竟意外現身。

午後首名來求診的年輕轎夫平太身上有輕微的瘀傷。接受濕敷治療時，他突然對阿葉說：

「小姐就是昨晚看到鎌鼬的那位阿葉姑娘吧？」

阿葉嚇一跳，平太有些得意地笑了。他有雙圓圓的眼睛，笑起來十分親切。

「幹轎夫這一行，容易聽到各路消息，大家都叫我『順風耳平太』。」

「那麼，您也聽說是我看錯了吧？」

「看錯？不是吧，只是屍體不見而已。」

「有什麼不一樣嗎？」

「差別可大嘍。屍體不見，並不表示妳沒看到鎌鼬。」

阿葉又吃了一驚，但這回是驚喜。

「那麼，您相信我的話？」

「當然！」

「阿葉，」玄庵厲聲斥責：「別顧著聊天不做事。」

平太縮了縮脖子。阿葉爲他的手臂纏上漂布，小聲地說：

「可是，其他人都不相信我。」

「畢竟沒證據。假如能在那裡撿到遇害武士身上佩帶的東西，情況就會大不相同。」

阿葉心想，沒錯！若是大白天回去案發現場，或許能找到足以佐證之物。

「我去找找看。」

「欸，一個人太危險，我也一塊去。」接著，平太的聲音壓得更低：「其實，我以前是探馬。」

阿葉不由得瞪大雙眼。

「妳應該知道有一道禁用探馬的告示吧？太多壞傢伙打著探馬的名號爲非作歹，爲了斬草除根，官府只好做了這項決定。不過，探馬不全是壞胚子，所以現在仍有一群人暗中聽從主上的吩咐行事，我也是其中的一個。奉行大人當然也知道，管我們這群祕密探馬叫『耳目』。」

「耳目……」

「正是，我們是奉行大人的耳目。」

阿葉點點頭。平太的這番話，讓她想起過去聽聞的一些事。

幕府在正德二年（一七一二年）正式發布「禁用探馬」的命令。理由如同平太所言，是爲了杜絕利用探馬的名號勒索金錢、收賄縱放，甚至搆陷無辜之人等惡行。禁令頒布後，凡是訛稱探馬者，輕則流放荒島，重則處以死刑。

問題是，江戶幅員廣闊，但南北二町轄下的捕頭和捕快不足百名，實在難以負荷維持治安的重任。因此，長久以來，這道禁令形同虛設。

大岡越前守雷厲風行地推動這項原本漏洞百出的禁令。在他堅定的實施下，並未遇到太多阻礙，順利整飭吏治。多年來飽受探馬欺凌的江戶百姓，無不讚揚忠相的鐵腕作風。然而有趣的是，與此同時，坊間亦盛傳大岡大人私底下肯定也起用一批手下，代爲執行探馬的職務。

「原來那則流言是眞的。」阿葉頻頻點頭。

「是啊。不過，這件事可不能告訴別人。」

「我當然明白。那麼，該怎麼進行呢？」

「讓我想想……」

眼看與平太約定的申時（下午四時）已近，阿葉藉口去買東西，踏出家門。

她走在和昨晚相同的路上，步履急促。今日天空晴朗，陽光普照，與前一夜的淒風苦雨猶如兩個世界。

她快走了好一段距離，才放慢腳步，調整呼吸。真不懂自己怎麼從昨晚就在這條路上慌慌張張地奔跑？冷靜點，平太不也要我別著急嗎？

（只要找到證據，就能洗刷不白之冤。凡事欲速則不達。）

阿葉真的非常高興，終於有人相信她。況且，平太還是在官府底下聽令行事的，說不定真能找到足以將鎌鼬繩之以法的證據。

阿葉的腳步自然益發輕快，漆木屐清脆地敲打著路面。就在這時，她忽然察覺身後似乎有亦步亦趨的腳步聲。

阿葉站住不動。慢了一拍，背後的腳步聲也跟著停下。

她回頭探看。遠遠地，穿印有字徽的短外褂的兩名男子急忙離開。附近不見其他人影。

阿葉轉回來，繼續往前走。但走沒多遠，她又停步。

還是有人跟蹤。

她站在原地環顧四周，喊了聲「平太哥」。

無人應答。只有在逐漸西斜的陽光下塵埃飛揚的一條窄路，往前後延伸而出。阿葉突然拔腿狂奔。

等她上氣不接下氣地跑到那條坡徑口，平太已等在那裡。他一臉訝異地問：

「瞧妳氣都喘不過來了，怎麼啦？」

「好像有人跟蹤我。」

「哦？」平太左張右望，然後堆出一個安撫的笑容。「沒人啊。阿葉姑娘，昨晚的事害妳有些緊張吧，倒也難怪。」

「也是。」阿葉答道。「找到什麼了嗎？」

「不，還沒找到有用的東西。昨晚那場雨下得眞不是時候，把血跡和腳印通通沖走了。」

兩人分頭尋找線索。

不久，平太突然「咦」一聲。

阿葉彎身在苦櫧樹底下搜尋，回頭問：「怎麼了？」

「妳看看這個——」平太邊說邊抓著阿葉的手臂。

話沒說完，有什麼東西凌空劃過天際。

下一瞬間，那東西掠過阿葉的身子，刺入苦櫧樹幹。是長約三寸、又尖又細的利刃。阿葉放聲尖叫，平太也哇哇大喊。只見第二支利刃飛過來，擦過他的頭頂。

「快逃！」平太吼叫。兩人拔腿就跑，連滾帶爬地下了山坡，衝到路面時與某人撞個正著，阿葉又尖叫起來。對方一把拉回險些跌落的阿葉，以不相上下的音量嚷嚷：

「哎，這不是昨晚那個小姑娘嗎？」

聽到這個聲音，阿葉總算回過神。

「我是昨晚在警備所値班的彌平。怎麼啦？瞧瞧你們，活像被鬼追著跑。」

在遠離小平坡的地方，阿葉和平太將來龍去脈告訴彌平。平太驚恐地抬頭張望四周，但沒人追上來。

「原來是這麼回事。」彌平頷首，「如此看來，我們想到一塊去嘍。」

「那麼，彌平大爺也……？」

「正是。我也覺得妳昨晚看到的應該不是幻影，更不認爲妳是故意說謊，所以今天又去那地方調查一次。」

「鎌鼬那傢伙，」平太氣得牙癢，「竟敢暗殺我們！」

「那裡找不到任何證據了。就算原本有，他也搶先一步。」阿葉渾身直發抖。

「我有一計。」彌平說：「事已至此，容不得再耽擱，往後得搶得先機……」

「您有一計？打算怎麼做？」平太問道。

「說不定還能找到證據，不，一定找得到！」彌平輕拍拍阿葉的肩膀，要她放心。「別著急，很快就會有結果。今天先回去，凡事多提防，千萬別輕舉妄動。平太老弟，你也一樣。」

其實用不著彌平提醒，阿葉這一天再也不敢出門。一踏進家門，恰巧有個在工寮裡受傷的工人被扛進來，玄庵連忙指示送他來的幾個工人幫著打下手，於是阿葉默默去張羅晚飯。

平安到家後，方才險些遇害的恐懼感漸漸升起。阿葉的雙頰血色盡失，取過長杓想喝口水，手卻抖個不停，最後不得不放下杓子。

「阿葉——在嗎？」

一個大嗓門嚷嚷著，廚房的門猛地打開，阿葉嚇得跳起來。

「哎，瞧妳嚇的，怎麼啦？」

臉上半是訕笑、半是擔心的姑娘是阿園，住在附近的木工師傅的女兒，和阿葉是從小一起長大的手帕交。不過，兩人的性格恰好相反。愛熱鬧的阿園打扮花俏，加上家境不錯，最喜歡買漂亮衣裳。今天她也穿著一襲色彩絢麗的襯裡外褂。

「咦，妳氣色眞糟，不舒服嗎？」

「沒事的。」阿葉搖搖頭。讓阿園知道，她又要擔心了。「只是今天太忙罷了。妳呢，找我什麼事？」

「速報、速報！」阿園喜上眉梢，笑得開心。「對面不是一直沒住人嗎？終於來了張新面孔。」

「有人搬家？在這麼晚的時間搬進來？」

「嗯，說是昨天本所那邊失火，只好搬過來。不過……」阿園一臉陶醉，「人長得可真俊，把我給看醉嘍。」

阿葉笑了。她有點訝異自己還笑得出來。阿園這姑娘擁有一種神奇的力量，總能讓周圍的人瞬間快活起來。阿葉很喜歡她這項優點，但這也是她的缺點——不時就意亂情迷。

「唉，阿園的壞毛病又犯了。」

「哼，才不是！不然妳親眼鑑定去，對方應該還沒走遠。」

阿園拉起阿葉往外走。阿葉咯咯發笑，由著她揪住衣袖拖著走。

天色已暗，夕陽和家家戶戶洩出窗外的燈光，在小巷裡交織出奇妙的色彩。阿園說了句「自己瞧」，阿葉順著她手指的方向望去。

映入眼裡的是，與管租人卯兵衛並肩而立的一個高大年輕男子。身上的衣服雖然是舊的，但乾淨整潔，一看就知道是工匠。他背對著阿葉和阿園，約莫是感受到背後的視線，隨即轉過身。一見到男子的長相，阿葉體內的血液幾乎頓時凍結。

昨晚碰上的男子，就站在那裡。

阿葉眨眨眼，覺得彷彿時光倒流。怎會這樣？男子的雙眸捕捉到阿葉的身影後盯住不動，那芒射的眸光令阿葉恍悟。

（他認得我。這男子認得我。他認得我，正如我認得他，才會來這裡，才會一路追到這裡。）

管租人的聲音遠遠傳來。

「喂，不可以用手指人。」

阿園擠出可愛的笑容。

「對不起，我只是想介紹給阿葉認識而已。」

「那是我的工作。」卯兵衛一句話轟了回去。這一帶，唯一不吃阿園那一套的只有卯兵衛。阿園卻因此對他莫名敬佩。

阿園甜美的嗓音和卯兵衛的駁斥聲，全進不了阿葉的耳裡。她無法動彈，和男子互瞪良久。直覺猶如怒濤般席捲而來，又如通知火警的警鐘在腦中瘋狂敲擊。男子先別開視線。就在他轉頭的瞬間，阿葉看到那薄唇的尾角浮現一絲若有似無的笑意，一股寒氣驀然竄上背脊。

「這位是做銀飾的新吉師傅。」卯兵衛介紹，「阿葉姑娘，今晚他就會搬進妳家對面，請多關照。」

這個叫新吉的男子，中規中矩地向阿葉低頭鞠躬。

直到阿園以手肘頂了頂，阿葉才回過神，行禮致意。她渾身僵硬，幾乎聽見自己彎身時頭骨軋軋作響。

（可是，為什麼？他怎會知道我住在這裡？）

「那麼，稍後再帶你過去和大夫打招呼。」

卯兵衛說完，趾高氣昂地領著新吉從她們面前離開。新吉跟在卯兵衛後方，與阿葉擦身而過。

（血腥味！）

阿葉慣於包紮傷口，對這種氣味相當敏感。

（爹說過，殺人後再怎麼洗手、更衣、浸熱水澡，血腥味仍會留在身上一、兩天。錯不了，他就是我看到的鎌鼬。）

「喏，我沒說錯吧？」阿園開口：「皮膚略微黝黑、下巴有稜有角……咦，妳怎麼臉色發青？」

「我……方才就有點不舒服……」阿葉好不容易擠出話，「頭暈目眩的，要勞妳攙我回去。」

「那可不妙，或許是著了涼，得躺著歇息才行。」

阿園扶著阿葉回廚房，途中阿葉心裡翻來覆去地思索同一件事。

（爲什麼？他怎會知道我住在這裡？難道是白天就從小平坡尾隨我？……不，不可能，平太哥一路上都那麼小心翼翼。）

「大夫，阿葉病了！」

聽到阿園的呼喚，玄庵急忙過來。

「怎麼了？」

「沒什麼，想必是傷風——」

一句話還沒說完，阿葉已講不下去。她從敞開的門口，瞥見掛在屋簷下的燈籠。

「八方原前段　大夫　新野玄庵」

（是我那時提的燈籠！）

阿葉絕望地閉上眼睛。

（燈籠上寫著爹的名字。唉，如今才發現，一切都太遲了。）

三

「情況如何？」

「回大人的話，果然有可疑的人出現。」

「唔，正如我所料。想必是小田切家的那群人吧？」

「不，看起來不是。」

「什麼？」

「今日現身的男子一身庶民裝束，經過尾隨跟蹤，並未查出與小田切大人的家臣相關的蛛絲馬跡。」

「唔……」

「請恕在下斗膽猜測。」

「說來聽聽。」

「此事似乎與奉行所的人有所關聯。」

「大人，有事稟報！」

這時，另一個聲音打斷談話。

「何事？」

「方才接獲呈報，神田石川町德兵衛大雜院的管租人，名爲彌平，在街上遭到砍殺。」

「……聽見了嗎？」

「是，彌平正是那名巡守隊員。」

「唔，行事多加小心。」

翌日，天還沒亮阿葉就起床。

前一晚，她喝下玄庵親手煎的湯藥，早早鑽進被窩，卻夜不成眠。直到玄庵打理完一日瑣碎的工作在旁邊躺下，阿葉的雙眸仍徹夜在黑暗中睜得大大的。隔著一扇屏風，父親整晚鼾聲輕響。

阿葉走出屋外，清晨冷風襲來，她不禁打了個寒顫。抬眼望向對門，位在逐漸傾斜的長屋最末端的那一戶，和鄰家的外觀沒有任何不同，唯一不同的是住在裡面的人。如果她猜得沒錯，裡面那個人應該和大家全然迥異。

（不曉得他這時候在做什麼？）

是睡著，還是醒著？昨天晚上，依阿葉的觀察，他似乎並未出門。不過，對方畢竟是鎌鼬，這些日子以來他一次次躲過官府的追緝，狡猾得像一尾蛇，想瞞過阿葉的耳目，和扭斷嬰孩的手一樣不費吹灰之力。

（彌平大爺和平太哥是否都平安無恙？）

「阿葉姑娘。」

背後突然傳來呼喚聲。

阿葉嚇一跳，膝頭不禁發顫。她知道這是誰的聲音。

「建議妳別回頭比較好。」

阿葉握緊拳頭，直視前方，竭盡所能地發出最勇敢的聲音：

「有什麼事嗎？」

「用不著我說出來，妳應該明白吧？」

阿葉努力假裝自己並不害怕，但沒能成功。

「你打算封住我的口，以免你的事洩漏出去嗎？」

「妳猜呢？」

對方忽然輕笑一聲。他的語氣很平靜，反倒益發令人恐懼。

「若是如此，請便。你現在就可以殺了我。」

逞強的阿葉脫口而出後，才擔心起對方萬一眞有此盤算該怎麼辦，不禁冒出冷汗。然而，對方又是一聲輕笑。

「我可不是那種傻瓜。現在殺妳沒有任何好處，說不定還會惹來麻煩，坐實妳的目擊證詞。不如妳這段日子安安分分地閉上嘴巴，小平坡上的那件事也就不了了之，這才是上策，不是嗎？」

「你爲何認定我會安安分分的？」

「不願意嗎？」

「難保我不會跑去警備所報案！」阿葉霍地揚起下巴，「要是我大白天嚷嚷著要去警備所，你也無法阻止我出門吧？畢竟住在這裡的人可多了。」

「是啊，很多。」對方的聲音變得緩慢低沉，「妳老爹也是其中一個。」

阿葉感覺自己彷彿被掐住脖子。

「我爹……」

「不錯，妳想什麼時候、去什麼地方、說什麼話都行，要跑到警備所也是妳的自由。不過，我也不是沒有半點本事，一旦嗅到危險的氣味，就會像一陣風般逃得無影無蹤，臨走前順手宰了妳老爹當成告別贈禮，簡直易如反掌。」

阿葉猶如被潑了滾水的貓，跳了起來。她轉身擺出架勢，只見新吉雙手環胸、倚著門板，站在離她不到六尺的地方。

阿葉拚命在腦中搜尋最惡毒的話，卻實在找不著，只好啞著嗓子痛罵：

「你不是人！」

新吉聳起雙肩，應道：

「那可眞對不住嘍。」

「你一定會後悔……」

阿葉顫抖著說道。那是既畏懼又憤怒的顫抖。

「總有一天，你會後悔此時此刻沒殺了我。」

她的腦海裡驀然浮現彌平的那番話。

（能夠找到證據，一定找得到！）

豈料，新吉彷彿看穿她的心思般說：

「妳想指望巡守隊員彌平嗎？」

阿葉故意深吸一口氣。

「那個彌平，死了。」

「死了……？」

新吉的語氣中帶著嚴正的警告。

「所以才要妳別動歪腦筋。不想死的話，最好安安分分閉上嘴巴。否則妳會親身體驗到，這絕不只是口頭上的威脅。」

阿葉極力以凌厲的眼神瞪向新吉，及他莫名冷酷的雙眸，旋即轉身逃離。因此，阿葉並未察覺轉過身的瞬間，新吉的眼中掠過一抹異於以往的神色。

當彌平死於鎌鼬刀下的噩耗傳到大雜院時，再度引發一陣騷動。

阿葉僵著臉，跑向彌平的住處。大街小巷都在談論又有人淪為鎌鼬的刀下亡魂，到處都圍著一群群議論紛紛的人們。街頭派發號外的小販，穿梭於人群之間高聲吆喝。

警備所方面剛將彌平的屍體送還給家屬，屋裡屋外擠滿左鄰右舍。阿葉說著「借過」穿越人群，蓋著草蓆、躺在門板上的彌平赫然映入眼中。草蓆邊緣露出慘白蜷曲的手指。

屍體的臉旁，癱坐著一個抱著稚兒的女人，髮絲凌亂，虛弱地低垂著頭。從相像的五官看來，應該是彌平的女兒，阿葉的胸口一窒。

她聽到聚集此處的街坊鄰居交頭接耳的話聲。

「實在太殘忍。」

「是人就不會做出這種傷天害理的事，只有鎌鼬那傢伙才幹得出來。」

「主上怎麼不快點下令把他抓起來？」

「大岡大人太沒出息啦。」

阿葉客氣地詢問：

「請問彌平大爺原本要去哪裡？」

旁邊的人一個個嘟囔著「沒聽說」。抱著稚兒的女人抬起頭，眼眸猶如樹窟窿般暗黑、空洞。「他只說『去去就回』便出門了。」女人的聲音有氣無力。「說是待會就回來，沒交代要去哪裡。原以爲外面日頭還亮著，用不著擔心。」

懷裡的孩子似乎感受到母親異於平常，跟著害怕起來，緊抱不放。

「誰想得到，居然成了這副模樣回來……」

阿葉茫然地離開。不行了。永遠無從得知彌平大爺是否掌握到某些線索。

（不曉得平太哥有沒有聽彌平大爺提過什麼？）

一想到這裡，阿葉乍然一驚。平太……他是否安然無恙？

接下來的時光，無時無刻皆是煎熬。今日患者接二連三上門求診，玄庵照例忙得不可開交。阿葉看似一如往常，其實心急如焚地盼著平太快些到來。

阿葉從旁協助父親治病，不時瞥望對門。天氣十分暖和，每一家都門戶大敞，新吉那裡也一樣。從阿葉這邊可看到他俯身打造銀飾的模樣。反過來說，從他那邊也看得到阿葉。

更令人頭疼的是，阿園居然坐在對面進門的地框台階上，興高采烈地向埋首工作的新吉說個不停。這一幕看得阿葉險些昏過去。

（天哪，阿園，求求妳快走。快走呀！）

阿葉在心底吶喊。

（那傢伙是殺人魔，他就是鎌鼬啊！）

午後，平太壯碩的身影拐進巷口時，阿葉在井邊洗衣服。見到他來，阿葉神色大變，連手裡的東西也拿不穩，掉落地面，周圍的眾家太太無不吃驚。

「阿葉，還好嗎？手沒受傷吧？」

其中一個太太問。阿葉隨口敷衍，便飛也似地跑開。身後傳來某個太太說「哦，該不會是阿葉的心上人來了吧？」，引來一陣笑聲。

「我聽說了，是彌平大爺的事吧？」

看到阿葉的神色，平太馬上說道。

「還有一件事。」

幸好玄庵忙著爲一名深受水腫所苦的老人治療，阿葉才得了空，很快將昨晚到今天發生的狀況說了一遍，平太非常震驚。

「眞的嗎？」

阿葉緊咬下唇，點點頭。

「平太哥，千萬要小心，那傢伙知道了。昨天在小平坡上偷襲我們的就是他。另外，在那邊偷聽到彌平大爺握有證據，並將他滅口的，也是那傢伙。」

平太啐一聲：「混帳……」

「我們非得找到證據不可。不然，就是得找到那位武士的屍體。只要找到並送去警備所，他們就會相信。」

「可惡，若我還是探馬就好了，沒證據也能扭送官府。大岡大人三令五申，除非找到確切的證據，否則絕不能輕易逮人，才讓鎌鼬那小子得以爲所欲爲，橫行霸道。」

「我們一起努力找出證據吧。」

「當然，非得找到不可。不過，阿葉姑娘，千萬不能讓那小子發覺妳在找證據。妳得裝成死了這條心才行。聽好，要是我找到，一定會想辦法通知妳。這樣一來，鎌鼬那小子馬上就會領死，斬首示眾啦！」

告別阿葉後，平太悠閒地前往湯島。路上行人熙熙攘攘，大板車川流不息，平太的身影穿梭在熱鬧的街市中。

來到湯島天神的門前町，他稍稍加快腳步。從轉角的小茶鋪拐進巷口後，幾乎是連走帶跑地抵達位於巷內中段、名爲「青柳」的酒肆。

青柳是一家簡陋的小店鋪。隔板後方，一臉疲憊的女子正在備料，一見到平太便開口招呼：「哎，這麼早就來啦？」女子睡眼惺忪，彷彿剛醒來，連衣襟也沒掖緊。

「老哥在嗎？」

「從早到晚沒有不在的時候。」女子嘴角一提，笑了。「自從不當探馬就沒地方去，能做的事也只剩喝酒而已。」

「叨擾一下！」

平太走了進去。店的後面有一間和前面的包廂約莫相同大小的內室。平太拉開紙門，只見被褥鋪著沒收，雜物散落一地，連下腳的地方都沒有。一個三十五歲左右的男子獨自倚著格木窗而坐。一看到平太，他喝得爛醉的渾濁眼珠一轉。

「老哥，幹活嘍。」

「幹活？」男子說話的速度慢得出奇。「昨天不是才搞砸了嗎？」

「別再自責啦，有人告訴我原因了。」

「告訴你？」

男子撐起身軀，順勢掀高左邊衣袖，裸露出上臂，及兩處明顯的刺青。

「沒錯，那是鎌鼬幹的。」

「鎌鼬？」

「是啊，就是他。居然就在對門駐紮，他還親自威脅那個小丫頭。」

「哦？」刺青男子混沌的雙眸第一次綻放出光芒，「這事眞是愈來愈有意思。」

平太滿意地微笑。這笑容雖然和阿葉看到的一樣親切，流露的眼神卻完全不同。

「大人知道了肯定開心。這下又新添一樁亂子嘍。」刺青男子搖搖晃晃站起，「所以，要我做什麼？」

「直接上門找鎌鼬那小子談個交易。只要乖乖聽從我們的指示，往後照樣隨他愛殺幾個就殺幾個。」

「大人沒打算親手逮住鎌鼬，立下大功嗎？」

「大人要的哪裡是立下大功？」平太不屑地哼一聲，「這事老哥不也清楚嗎？況且……」與平太那張圓臉毫不搭襯，一股狠毒惡意漸漸浮現。

「鎌鼬愈是爲非作歹，大岡愈會被罵得狗血淋頭。爲了看到這齣好戲，要我掏多少錢出來都不成問題。一旦把大岡趕出奉行所，老哥你就不必借酒澆愁，又能再次當上探馬，大搖大擺地走在江戶街頭啦。」

四

平太整整三天都不見蹤影。

這段期間，阿葉表面上若無其事，做事同樣勤快，並且從未鬆懈對新吉的監視。

（找證據的事全交給我。阿葉姑娘輕舉妄動會惹來殺身之禍，大夫也會起疑，妳可得忍住。）

阿葉聽從平太的叮嚀，但入夜後依然忍著睡意繼續監視。阿葉以「睡在裡邊容易做惡夢」當藉口，與玄庵交換床位，爲的是從大門邊的柵欄窗看清對面那一戶。雖然在父親身旁裝成睡下了，其實她一整晚都在被窩裡，凝目望著屋外的黑夜。若察覺新吉打算出門，她會想辦法編理由鬧個雞犬不寧，如此一來，至少可防堵他再去殺人。

大雜院的住民湊在一塊，便會聊起鎌鼬。

「聽說新吉原（註）已無法做生意。」

「這還用說嗎？要享受軟玉溫香，總得先保住小命。」

「是嗎？我寧願躺在溫柔鄉裡。」

「少在這裡胡扯，你這死老頭，還不快去掙錢！」

每回聽到這樣的交談，阿葉總在心中又一次告訴自己：

（只要有我監視的一天，再也不許你濫殺無辜，想都別想！）

然而，一連三晚下來，阿葉日漸憔悴。不單是熬夜的緣故，時時刻刻都提心吊膽，身形自然益發消瘦。再加上，還得絞盡腦汁敷衍憂心忡忡的玄庵的關切。

擔心她的不只玄庵，還有阿園。

「這陣子妳老是悶悶不樂，有什麼煩心的事嗎？」

「沒什麼，只是昨晚沒睡好。」

註：江户時代官方認可的妓院區，大致位於東京淺草寺後面一帶。

「眞的嗎？那就好。不過，假如有我能幫上忙的地方，別客氣，儘管告訴我。」

「謝謝。」

阿葉說著，露出笑容。阿園見狀，隨即問：

「阿葉，該不會……」

「什麼？」

「就是那個嘛……犯了相思病。」

阿葉嚇一大跳，阿園卻是一本正經。

「我娘認爲肯定是這麼回事。她說，阿葉跟妳不一樣，純潔得很。」

「不是那樣的。」

阿葉一邊解釋，心裡想著若只是受相思之苦，不知道該有多好。

「眞的嗎？該不會是騙我的吧？可是，聽阿種太太說，有個小伙子來找妳。」

阿葉想起來，阿種太太看到的是平太哥。

「不是的，阿種太太誤會了。」

「哦，我滿心以爲是那麼回事。如果是相思病，交給我來辦，馬上幫妳撮合到一塊。畢竟是一起長大的姊妹淘，況且論起這方面的手腕，我挺有自信。」

阿葉不禁微笑。她喜歡阿園的古道熱腸。

「謝謝。以後若有需要，一定麻煩妳。」

「包在我身上。其實，我也對一個人有意思。」

「哎，是誰那麼幸運？」

阿園綻開笑靨，回答：

「新吉師傅。」

阿葉非常震驚。她當然知道阿園不時纏著他說話，每次看到那情景她總會背冒冷汗……

「妳是認眞的？」

「嗯，認眞的。」阿園爽快地點頭。

「對方呢？向妳表白過嗎？」

「這個嘛，連一句話也沒有。」阿園十分不甘心，「一直對我不理不睬，氣死人了！從來沒人敢這樣對我。管租伯伯說，新吉師傅是出了名的潔身自愛，勸我早早放棄。可是，他這麼一說，反倒激起我的鬥志。非得讓大家瞧瞧我的厲害不可！」

阿葉凝視著阿園的臉龐。阿園俏麗的姿色在這一帶堪稱數一數二，對她一見鍾情立刻上門提親的人更是不在少數。以她這麼好的條件，爲何偏偏喜歡上那種人……

「阿園，」阿葉壓低聲音，緩緩出聲：「接下來我要說一些話。可以答應我，聽完不要問理由，也不要生氣嗎？」

阿園的表情略顯訝異。

「最好不要接近那個人。以妳的條件，往後一定會遇上更多優秀的人，唯獨那個人絕對不行。」

「咦……爲什麼？喔，對了，妳說不可以問理由。」

阿葉嚴肅地點頭。

「算我求妳了。我不會害妳的，別跟他在一起。」

阿園嘟起紅唇，思索半晌，不久後朝阿葉臉上瞅了一眼。

「哦，我明白了……」她促狹一笑，「原來阿葉對他有意思？」

阿葉已精疲力竭，「不是那樣的——」

「我懂、我懂，既然是這麼回事，用不著跟我客氣。」

阿園對這個解讀相當滿意，從方才的納悶換成喜眉笑眼，抬手戳戳阿葉。

「原來如此、原來如此，居然沒看出妳的心思，阿園小姐我太不機靈。第一次見面時我就覺得奇怪，妳怎麼直勾勾地盯著新吉師傅。早些告訴我不就好了，何必一個人煩惱？」

阿葉頭疼得不得了。

「阿園——」

「別在意，用不著對我抱歉。我只是氣不過管租伯伯的奚落，並不是動了心。是眞的，所以沒問題，一切包在我身上，一定會湊成這段姻緣。」

無論事態朝哪種方向發展，都不會是好結局，阿葉決定閉上嘴巴。

（平太哥，快點找到證據吧！）

與此同時，新吉家來了一個形跡可疑的客人。

那名男子上門拜訪時，新吉正在研磨敲薄的銀片。此人故意提高嗓門，讓街坊聽到「來談生意」，接著便關上木門，刻意捲起袖子，露出兩處惹眼的刺青，咧嘴一笑。

「我住在湯島那一帶，名叫豬助。」

見新吉並未搭理，照樣埋首幹活，他繼續道：

「在探馬禁令頒布前，我在官府聽差，人稱『酒鬼豬助』，在地方上算是小有名氣。」

「敢問酒鬼老大有何貴事？」

男子沒有回答，只是嘴角一揚，睨視新吉。

「俗話說得好，人不可貌相。」豬助彷彿在自言自語：「如果大家知道鎌鼬其實是手藝受大店鋪認可的師傅，還是個相貌堂堂的小伙子，大概會嚇得跌到地上吧。」

新吉抬起眼，豬助滿布血絲的雙眸迎上他的目光。在這場靜默的爭執中，豬助似乎占上風，新吉先別開了視線。

「想必你很納悶我是怎麼知道的吧？好，這就告訴你！」豬助抿嘴笑道：「你以爲牢牢盯著叫阿葉的小丫頭別亂說話就行，她心裡卻盤算著非揪出你的狐狸尾巴不可，所以我們一扔出誘餌，她立刻上鉤。那個名叫平太的傢伙和我同夥，他長什麼樣你也認得吧？你不是躲在小平坡邊看著他好一陣子？小丫頭居然和那傢伙一起在那裡尋找證據，我都快笑掉大牙啦。」豬助的笑容格外陰陽古怪。「在小平坡上出手搗亂的是你吧？眞是添麻煩。平太壓根沒想找出證據，那只是用來誘出小丫頭的藉口。那時候我躲在暗處，本來已做好萬全的準備，要給她致命一擊。」

「哦，那眞是遺憾。」新吉望著旁邊應道。

「是啊。不過，你別急，小丫頭由我們收拾，明天就送她上路。」

「什麼意思？」新吉目露凶光，「你們爲什麼要收拾那個小丫頭？」

「某位大人的命令。」豬助用一種富有抑揚頓挫的語調，裝模作樣地說：「就是你殺掉的那個小田切，他家裡的人委託的。」

「小田切？」

「是啊。那一晚，你殺死的正是大名鼎鼎的直屬武士小田切政憲。提起名門小田切，歷代祖先皆以勇猛善戰名震天下，連我們這種庶民百姓都知道。豈料，現任家主居然死在殺人魔的刀下，要是傳出去該有多難聽哪！搞不好連領地都會被沒收。所以，當時他的隨身護衛驚慌失措地藏起他的屍體，事後還得把目擊者統統收拾乾淨才行。那小丫頭眞傻，閉上嘴巴裝成什麼都沒發生過，或許還能保住小命。」

「原來是這麼回事。」新吉低聲笑道：「當個武士眞不自由。不過，爲什麼小田切的家臣不親自出面？」

「這個嘛，和你在這裡袖手旁觀是相同的道理。若是輕舉妄動，反而會招惹是非。最好的辦法是把她哄騙出來，伺機殺掉，最後嫁禍給鎌鼬。於是，某位大人攬下這樁任務。」

「所以，該感謝你們替我解決證人？這麼說，殺掉彌平也是那位大人的命令？」

「沒錯。誰教那個老頭子一直添亂？不該看的東西他偏要看，不該說的話他偏要說，只好收拾他了。」

「所以呢？」新吉看向豬助，「你們幫我這些忙，目的何在？要我怎麼回報？」

「不用。」

「什麼都不用？」

「是啊。照現在這樣繼續興風作浪就行。不光是如此，經由那位大人的安排，甚至能殺掉會引發更大騷動的人物。」豬助停頓片刻才往下說：「你意下如何？這應該是你求之不得的交易吧？後續的事你不必操心，蹺著二郎腿欣賞平太解決那個小丫頭就好。」

新吉打量著對方，然後搖搖頭。

「我不相信你的話。」

「哪一句？」

「你口中的『某位大人』到底是誰，爲什麼不抓我，反而放任我繼續到處殺人？愈想愈令人不解。」

「那位大人的眞實身分你就別管了，」豬助說得斬釘截鐵：「那跟你無關。你只要知道，那位大人不抓你，是要讓奉行吃足苦頭。」

「讓奉行吃苦頭？」

「就是大岡。」豬助的雙眼射出銳光，猶如黑暗中的野獸。「爲了達到這個目的，還得勞你多多作亂。看到奉行捲鋪蓋走人，你應該也會很開心吧？」

新吉想了一下，問道：

「你們打算怎麼收拾那個小丫頭？」

「用找到證據的理由誘她出來，平太會做得天衣無縫。」

「證據……？」

「是啊，證據。」豬助又嘴角一揚，笑道：「要是一下就找到，恐怕她會起疑，所以刻意等了幾天，預定在明天動手。你儘管慢慢看好戲吧。」

「勸你們別太小瞧那個小丫頭。拿著假證據，說不定她不會上鉤。」

「不，證據是貨眞價實的，就是小田切政憲掉在現場的藥盒。」

「原來是藥盒……那位大人爲什麼會有那件東西？」

豬助沒有回答。

「總之，等著看就好，一切交給我們。」接著，他饒有興致地端詳新吉。「話說回來，你這傢伙眞特別。殺過多少人啦？是爲了試刀嗎？」

新吉並未答覆。

「哼，不講就算了。反正人世間這麼乏味，任誰都想盡情大鬧一場。不過，你爲何沒當場殺掉那個小丫頭？」

「那時旁邊有人，大概是你說的小田切的隨身護衛。在原地耽擱太久，我就危險了。」

「你該不會是故意殺掉小田切吧？說不定，你原本是武士……不對，不可能，武士幹不了這一行。難道你以前也是探馬？」

「隨你猜吧。」

「總覺得你身上有股同行的味道。手法太過精湛，還擁有足以殺掉小田切政憲的好武藝，如此看來——」

新吉打斷豬助的話。

「與你無關的事就別管了——這可是你剛才親口說過的話。」

豬助笑了，踏著和來時同樣吊兒郎當的步伐離開。

新吉獨自在屋裡陷入沉思。

他伸手將木門推開一半，對面玄庵家的阿葉恰巧出來送走一個病患。

轉身進屋前，阿葉睨了新吉的住處一眼。連新吉也感受到，她正是用那無懈可擊的冰冷視線，幾乎整夜未曾闔眼，時時刻刻監視著他的一舉一動。因此，新吉不得不更加小心行事。

「某位大人啊……」新吉喃喃自語。

「爹……」阿葉開口道。

「怎麼了？」

「爹覺得鎌鼬是個怎樣的傢伙？他爲什麼要殺那麼多人？」

「爹也不曉得。」

「您不認爲，他或許不是武士嗎？」

「這可難說。」

「假如他不是武士而是百姓，也並非爲了試刀，還有什麼原因會讓他做出這種毫無人性的事？」

「唔……有個字眼叫『淫樂殺人』。」

「淫樂殺人？」

「對。荷蘭的醫書上記載著這種心病。藉由殺害他人獲得滿足。」

「這是一種病症嗎？」

「正是。」

「可是，這樣的人……」阿葉謹慎地字斟句酌，「表面上看起來和一般人沒什麼不同吧？」

「是啊，從外表無法分辨。」

阿葉頓時沉默，於是換父親問：

「如今妳還是認爲那天看到了鎌鼬嗎？」

「不，」在父親面前，阿葉撒了謊：「想必和大家說的一樣，女兒那一晚被鬼遮眼了。」

「是嘛。遇上鬼就罷了，萬一眞是鎌鼬，不會輕易饒妳一命吧。」

「或許是像貓捉老鼠，想等玩夠才吃掉。」

阿葉回道。玄庵疑惑地蹙眉反問：

「……這話是什麼意思？」

「沒什麼。女兒只是想，老鼠若被逼急，也會反咬貓一口。」

五

「稟報大人。」

「何事？查到主謀了嗎？」

「回大人的話，應當是……」說話者報上一個名字。「整件事的前因後果已水落石出。大人有何指示？」

一陣沉默後，一個聲音說：

「比照小田切政憲處置。」

「大人真要如此處置嗎？」

「唔，勢不得已。」

「遵命。」

「又是一項艱鉅的任務，交給你了。」

直到第四天午後，阿葉總算接到平太的通知。

她忙著照料病患，一個貌似有些倔強的七歲男童來到跟前，舉起一捲漂布遞給她。

「喏，給妳。」男童說：「那邊有個不認識的大叔要我還給姊姊。」

阿葉先是納悶，隨即恍然大悟，連忙接過漂布，給男童零花錢。她若無其事地進到裡屋，才趕緊解開漂布，上頭寫著：

「找到證據了　藥盒　酉時於笈川稻荷相候　平太」

阿葉一顆心怦怦直跳。笈川稻荷神社離此處不遠。雖然人煙稀少，所幸只要穿過神社，便是通往數寄屋橋附近的南町奉行所的近路。

（可是，他怎麼找到的？……沒想到過了這麼久，那藥盒竟還留在那個地方。）

話說回來，這畢竟是個好消息，詳細經過等見到平太再問不遲。阿葉神情嚴肅，新吉從一早就忙著工作。

（那個人的手藝很好。）

至今依然誤會的阿園不時到處打聽新吉的事，然後一臉天真地跑來告訴阿葉。

（聽說連湊屋都向他下訂單。提起湊屋，那是有資格出入將軍後宮送貨的大店鋪，可見他的手藝有多高明。）

阿葉聽著也覺得此人手藝精湛。老實說，聽了愈多阿園打探帶回的消息，她愈不明白新吉爲什麼會做出那種殘酷的舉動。理由是什麼？有什麼不滿嗎？這麼一想，若當時並未親眼目睹那名武士遇害，就算有人指稱新吉是鎌鼬，恐怕她也不會相信。

（殺人淫樂的病症。）

阿葉最後又想起這個字眼。

她將這個一想起便會渾身發抖的字眼，藏進腦海的最深處。此刻面對的敵手並非正常人。越過敞開的大門，阿葉的眼角餘光瞥見新吉寬闊的後背。她強忍內心的激動，等待著酉時的到來。

通知阿葉於酉時見面後，平太又悠閒地晃向「青柳」酒肆。

一切已安排妥當，沒什麼好急的，只等阿葉出現。

（鎌鼬……嘿嘿！）

平太竊笑。

他正要踏入「青柳」，突然有人拍拍他的背。回頭一看，眼前站著笑容滿面的巡邏捕快大町半五郎。

「喔，原來是大人！眞是辛苦您嘍。」

「謝了，你也是。」半五郎說：「既然遇到，順便問你一些事。」

平太倒抽一口涼氣，察覺半五郎的語調異於平常，可惜來不及了。他感到冷冰冰的金屬刺入背脊。平太猛然扭頭，圓臉上滿是驚恐之色。

「你……居然是你？」

接近酉時，家裡恰巧只剩阿葉。方才玄庵出診去了。如此一來，她就不必編藉口溜出門。即使是這樣小小的幸運，阿葉也安心許多。

（至今對方總是先下手爲強，或許這回輪到我們搶得先機。）

至於新吉，一整天沒怎麼出門，只有中午過後到外頭一趟，但那時是和大町半五郎同行。說得更精確點，是新吉剛要出門時被半五郎叫住。

「欸，你要去湊屋嗎？」半五郎笑咪咪地問：「那正好，可以跟你一起去嗎？事情是這樣的，老婆吵著要新簪子，無奈我的荷包太扁，想請湊屋的老闆算便宜一些，可是一個人上門挺不好意思的。」

半五郎這番牢騷引得大雜院的居民哄堂大笑。這便是玄庵調侃他「沒見過這麼沒架子的巡邏捕快」的理由。半五郎待人十分和氣，連阿葉有時候也忘了眼前的這位是官差大人。

然而，當時阿葉望著半五郎邁步離開的背影，感激得幾乎想向他合掌致謝。

（大町大人，勞煩您看緊他，別讓他跑去殺人。）

半個時辰後，新吉回來了。見他坐下繼續工作，阿葉放下心。這表示他並未察覺阿葉的計畫。約定的時間一到，阿葉悄悄溜出家門，像一隻遭老鷹追捕的野兔，一路直奔笈川稻荷神社。

抵達一眼即可望盡的小神社時，平太還沒來。

他不是還沒來，而是遲遲不來。

阿葉等了又等，地上的影子愈來愈長，四周漸暗。一股不祥的預感在她心底蔓延。

（平太哥怎麼不來？）

兩個收工返家的建築工人途中經過，開口調侃：

「小姑娘等著會情郎嗎？再不快點回去，等一下鎌鼬就要出現嘍！」

說完，兩人哈哈大笑離去。

（怎麼還不來？出了什麼事嗎？）

阿葉再也等不下去，只好作罷。一踏進家門，玄庵面色鐵青地問：

「這麼晚了，妳到底去哪裡？」

「對不起。」阿葉沮喪地回答。

「妳最近有點反常，究竟是被什麼事沖昏頭？」

阿葉連編藉口瞞騙父親的力氣都沒有，虛弱地癱坐。就在這時，發派號外的小販奔過屋外，傳來叫嚷聲：

「是鎌鼬啊，鎌鼬又出來啦！」

阿葉不禁屏住呼吸，一陣嘈雜的交談聲竄入耳裡。

「聽說這回被殺的，是一個叫平太的轎夫。」

「發現屍體的是巡邏捕快大町大人，說是死得太慘，奉行大人下令不許讓任何人看見。」

「眞是太慘了！」

「鎌鼬那個混帳，居然太陽還沒下山就出來殺人。」

阿葉宛如吃錯東西，胸口堵得慌，手腳發冷。足以佐證的藥盒被搶走，平太遇害，她已束手無策。

阿葉的視線射向倚在對面木門旁的新吉身上。他看起來和大雜院的其他人一樣，對這項噩耗十分訝異。阿葉咬緊牙關，狠狠瞪著他。這輩子從未感受到如此近乎瘋狂的強烈憤怒，她想移開視線都辦不到。

新吉猶如觸到金屬般冷冽的目光同樣投向她。這一刻，他彷彿附在耳邊，一字一句地警告：

「這下總該明白了吧？想保住小命，就別插手管這件事。」

阿葉起身走進廚房，在爐灶前蹲下。不一會，阿園沿路嚷嚷著「大事不妙、大事不妙」跑進來。

「那個叫平太的人，來找過大夫治病吧？實在太可憐了……」

阿葉不禁雙手掩面。

「阿葉，妳怎麼啦？」阿園慌張地伸出纖細的手，撫著阿葉的後背。「妳在哭嗎……？」

當天夜裡。

阿葉從頭到腳換了一身俐落的裝束，紮緊腰帶、梳攏髮絲，一個人坐在客廳。玄庵去找阿園的父親了。兩人頗有酒興，每月總會挑一晚把酒言歡到天明，但這個月尚未小聚。哭泣的阿葉好不容易平復心情，總算能開口講話。她站起身，拜託阿園幫忙。

「妳可以回家央求師傅，邀我爹過去喝酒嗎？」

「嗯，小事一樁。不過，爲什麼？」

「今天晚上我想瞞著爹去個地方。」

「晚上？太危險了！」

「沒事的，我不是一個人。」阿葉在阿圓面前使出渾身解數演了齣戲，開心地笑成一朵花。

「我和新吉師傅在一起。」

阿園簡直不敢相信自己聽見什麼。阿葉由衷感激阿圓誤以爲她心有所屬。阿園二話不說，向阿葉打包票，一定會想辦法把大夫留在自家，就算被殺頭也絕不會透露阿葉的行蹤。

「祝妳好運！」阿園小聲說完便回去了。阿葉點點頭。

這時，阿葉腦海裡浮現的是抱著稚子且神情恍惚癱坐於地的彌平女兒、那具死屍蜷曲的手指，以及由於相信她而助她一臂之力，卻因此送命的平太臉龐。絕不能再逃避，這回該輪到她上場。阿葉下定決心，就算必須同歸於盡，也非要殺死鎌鼬不可！

阿葉取出父親藏在書桌後面的匕首放入袖兜，又往腰帶裡塞進方才備妥的一只小藥包。然後，她深深吸了一口氣。

（娘……）

她在亡母的牌位前祈禱。

（您可得保佑女兒哪！）

阿葉拉開門，邁過門檻，恰巧遇上要外出的新吉。

「正好。」阿葉的聲音十分冷靜，冷靜得連自己都有些吃驚。「我有話跟你說。」

「沒空。」

語畢，新吉大步流星地走了。阿葉神色一正，緊隨在後。

新吉的腳程相當快，阿葉幾乎用跑的才跟得上。兩人就這樣一前一後地一路走，阿葉漸漸不再懼怕，忘了自己和這名男子之間是你死我活的關係，甚至有餘裕思忖武士在決鬥前是否就是這樣的心境。

儘管心裡不再害怕，當新吉倏然煞住腳步時，阿葉仍嚇一跳，跟著停了下來。

新吉轉身問：

「妳到底想做什麼？」

他看著阿葉，語帶慍怒。

「方才不是告訴過你？我有話跟你說。」

阿葉鎮定下來後回答。

「妳到底清不清楚自己在做什麼？」

「清楚得很。」

阿葉從沒見過新吉如此焦躁不安的模樣。

「妳這個倔強的傻丫頭！」他厲聲喝斥：「立刻向後轉，原路回去！否則——」

「否則要殺了我嗎？」

新吉氣惱地吁了一口氣，再次跨步前行，走得比方才還要急。阿葉跟在後頭一路跑，發現這是通往小平坡的路。他到底有何打算？

路上杳無人跡。今夜無雲，天上只掛著爪痕般的一彎細月。夜風襲來，阿葉頸際的碎髮和一旁的草叢都不禁瑟瑟哆嗦。

新吉又一次駐足時，氣喘連連的阿葉依舊緊跟在後。他目瞪口呆，一副難以置信的神情。

「妳到底……？」

「想甩掉我沒那麼容易。」阿葉邊喘邊說：「家父趕去救治急病患者時，我總是扛著沉重的藥箱在後面跑，腿力可強著呢！」

新吉雙手插腰嘆氣，連連搖頭。

「聽好，妳這樣做是——」

「那藥盒是假的！」

阿葉冷不防冒出一句。

（據說，武術的致勝祕訣在於先發制人。）

每當玄庵有幾分醉意時，往往會提起這段話。

（換言之，即是攻其不備。如此說來，所謂的武術也就是互相鬥智，較爲卑鄙的一方將會獲勝。）

這段話阿葉聽得耳朵都快長繭了。她第一次感受到這段話的可貴。即使今天得當卑鄙小人，她也在所不辭。看著新吉狼狽的模樣，阿葉終於覺得自己占上風。

「妳說什麼？」他反問。

「就是你從平太哥手中搶走的藥盒。」阿葉高聲回答：「那是不折不扣的冒牌貨，眞正的藥盒在我手裡。」

樹木。草叢。周圍的一草一木都在月光下搖晃不已，沙沙作響。阿葉的腦海也聽到了這個聲音。又或許那是鮮血沸騰的聲音。

「我沒說謊。眞正的藥盒就在我手裡。」

「既然如此，當初……」新吉泰然自若地雙手交抱，朝旁邊瞟了一眼，問道：「爲何妳沒立刻送去警備所報案？」

「那樣沒什麼意思，」阿葉聳聳肩，「所以我才打算拿來和你交易。平太哥一心想將你緝捕歸案，可是官府又沒懸賞你的項上人頭，就算你被抓了，我也得不到任何好處。因此，我把藥盒偷偷掉包。有些武士受傷卻不能讓外界知道，只好暗中來找家父診治，並留下隨身佩帶的小藥盒充抵醫藥費，家裡有不少這種小玩意。」

「原來是吝嗇的奉行不肯掏錢懸賞，我才保住這顆腦袋。」

「是啊，你得衷心感激奉行大人才行。」

「所以呢？妳想和我換什麼？」

「還用問嗎？當然是錢。」

阿葉一邊說，一邊非常緩慢地靠近新吉。她露出平素從未出現的媚嬌笑容，手悄悄移到腰帶。

「我不會要你馬上拿出一大筆錢，只要往後死在你刀下的人身上値錢的東西就好。這項提議如何？可以吧？像這樣瞄準喉嚨給一刀——」

此時，阿葉已來到新吉眼前，下一瞬間，她的右手迅速探入腰帶掏出一物，全力朝他臉上扔去。白色粉末應聲飄散，新吉大叫一聲，雙手掩住臉。

那是蟾酥。取自蟾蜍的昂貴祕藥，具有強心、鎮痛等功效。唯一應當留意的是，萬一撒入眼睛會引發極大的刺痛。因此，玄庵總是不厭其煩地提醒，摸過這種藥粉務必洗淨雙手。

阿葉毫不猶豫地拔出匕首。月光下，刀刃凶光冽冽。手中清晰地傳來利刃刺入人體的觸感，由於衝勢過猛，阿葉撲倒在地。她掙扎著起身，再度握住匕首。

新吉伏在地面，一動不動。阿葉不停發抖，不斷使勁緊握匕首，擺好攻擊的姿勢，但他絲毫沒有起身的跡象。

殺人竟如此容易？阿葉茫然望著腳邊的男子，看看匕首，又望著自己的手。匕首的刀刃與自己的右掌確實沾著血跡，雖然並不多。

匕首從掌中滑落，她的身軀搖搖晃晃。結束了。事情終於了結。

阿葉的想法是，無論如何都必須這麼做。假如在過程中遇害，起碼阿園會記得她是和誰一起出去，憑這一點便能順藤摸瓜查到新吉身上。若是反過來，她贏了這場對決，稍後就會去奉行所自首，向大岡大人詳細稟報一切。大岡大人是通情達理的賢官，只要坦白招認，他一定能夠理解阿葉爲何不得不出此下策。接下來，針對新吉詳加調查，必定能搜出他是殺人魔的證據。這樣就夠了。

不這麼做，往後不知道會有多少人死在他的刀下。包括我，還有爹，早晚逃不過這一劫——如果我沒這麼做的話……

阿葉催促著軟綿無力的雙腿加點勁，轉身踏上來時路。就在此刻，她的後頸突然被刀尖抵住，同時聽到一個似曾相識的聲音：

「辛苦了。」

阿葉望向說話者，不禁懷疑自己眼花。

「井手大人……」

「眞是辛苦妳嘍。」井手官兵衛笑道：「如此一來，等於兩個礙事的傢伙同歸於盡，替我省下不少麻煩。」

一頭霧水的阿葉雙手環抱著自己的身軀，僵在原地。官兵衛和跟在他後面的男子見狀，得意地放聲大笑。阿葉自然不認識那名男子。他正是豬助。

「這到底是怎麼回事？」

阿葉詢問，試著釐清腦中的混亂。這簡直和小時候做的惡夢沒有兩樣。

「哎，事情其實很簡單。阿葉，妳目睹的一切都是眞的。這傢伙……」官兵衛說著，腳尖輕輕踢了踢新吉。「剛殺死直屬武士小田切政憲就被妳撞見，於是他逃走了。藏匿屍體的不是這傢伙，而是被殺死的直屬武士的家臣。妳知道爲什麼嗎？因爲以驍勇著稱的名門望族的家主，居然死在來路不明的殺人魔手中，茲事體大，關乎家族的命運。」

阿葉回憶起當時那位穿戴講究的武士。

「這就是妳帶我們折回那地方的時候，屍體消失的原因。不過，我撿到藥盒，就是妳看到掉落在屍體旁邊、徽紋圓圈中央有個『桐』字的那一只。我知道那是屬於小田切家族的東西，立刻明白發生什麼事，所以隔天拜訪小田切府邸，說出自己的推測。那裡的人聽完不知所措，趕緊託我想辦法收拾目擊者。當然，我是拿錢辦事。因此，我把一個手下送去妳那邊，就是平太。」

阿葉原本環抱著自己身軀的雙手，頓時無力地垂落。

「平太哥他是……？」

「沒錯。妳似乎全盤信任那傢伙，可是他假扮成妳的伙伴，只是爲了方便日後能夠順利除掉妳。沒想到冒出這小子，也就是鎌鼬。」官兵衛冷笑一聲，朝腳邊的新吉揚了揚下巴。「妳不單看到他的相貌，而且非要追查到底不可，他只好出面警告妳不准到處張揚。這小子和妳一樣，以爲平太站在妳那邊，所以趁你們一起去找證據時，偷襲你們。想必妳做夢都沒想過，其實豬助早和平太串通好，要利用那天的機會殺害妳吧？」

阿葉想起來了——那個時候，平太抓住她的手。

（這麼說，那是爲了要……）

官兵衛雙手揣在懷裡，得意地欣賞阿葉恍然大悟的表情。然後，他再次踢踹新吉。

「這小子現身威脅妳。平太向我報告後，我想到可以和他來場交易。他照樣當殺人魔，至於妳就交給我解決。」

「爲什麼……您、您不是官差嗎？」

「官差？」官兵衛啐了口唾沫，「官差光喝露水就能活嗎？倒不如讓這小子繼續作亂，偶爾聽從我們的指示，殺個遠比剛嫖完妓的商人或蕎麥麵店的老闆更重要的人士，才是好處多多。」

「好處多多？」

「這樣才能把大岡逐出奉行所嘛。」

官兵衛說完，和站在背後的豬助詭笑一陣。接著，他繼續道：

「對這小子來說，應該是一項不錯的交易。沒想到這個混帳一聽聞藥盒的事，野心變得更大了。他殺害本來要帶妳去領死的平太、奪走藥盒，大言不慚地表示要和我當面談條件，如果我不答應，他就要直接上小田切府邸談判。直屬武士只是頭銜好聽罷了，比起捉住鬧得滿城風雨的殺人魔，保住自家的領地更重要，所以肯定會付錢買回藥盒，讓他躲得遠遠地去逍遙。如此一來，我們就危險了。勒索的把柄消失，小田切家必然會來滅口洩憤。不得已，我只好答應和這個混帳聯手，今天晚上約他過來就是爲了這件事。阿葉，幹得好，多虧妳幫我們解套。藥盒是假的？這個謊撒得眞妙。」

豬助在官兵衛的背後露出令人毛骨悚然的笑容，掏出一柄匕首。

「我叫豬助，綽號『酒鬼』，刀法挺俐落。送妳上路時，不會讓妳痛的。」

「殺害彌平大爺的就是你嗎？」

阿葉看著豬助問道。

「沒錯，就是我。要怪就怪他目睹井手大人撿到藥盒的那一幕。」

「阿葉，認命吧。妳死在鎌鼬的刀下，而鎌鼬則死在我的刀下——明天一早，這個消息就會傳遍江戶。原本打算放任鎌鼬繼續作亂，看來是沒辦法了。沒關係，趕走大岡的手段多得是，現在先立下打倒鎌鼬的這樁大功吧。」

在官兵衛的示意下，豬助緩緩走向阿葉。阿葉後退半步，跨過倒臥在地的新吉手臂，又退了一步。豬助逼近眼前，露齒而笑。阿葉縮起身子，認定自己必死無疑。豬助高舉匕首，刀尖在月光下閃閃發亮。

突然間，隨著一聲嚎叫，豬助摔了個倒栽蔥。

「嘿，酒鬼老大，你好啊！」

新吉慢慢爬起來。方才中了阿葉的招，他依然瞇著左眼，但剩下的右眼放射出堅毅的光芒。不只阿葉，官兵衛也愣在原地。官兵衛目瞪口呆，呻吟似地說：

「你、你……」

「裝死可不輕鬆，尤其別人還在頭頂上拚命講我的壞話。」

新吉走上前，護著張口結舌的阿葉。趴在地上哼哼唧唧的豬助忽然腦袋一歪，安靜下來。剛才他的腳踝被新吉抓住一扯，摔倒時握在手中的匕首刺進自己的肚子。

「井手大人有何打算？」新吉問官兵衛：「你的保鑣已派不上用場。」

「你……總不至於殺我吧？」官兵衛淌下冷汗，「你想要的東西不是統統到手了？我退出，什麼都不要。我不會追究你做過的事，你也別在意我說過的話。殺了我，對你沒有任何好處。」

「大人下令要殺你。」新吉冷冷應道：「和小田切政憲一樣，殺了。」

「大人？」

「就是大岡大人。」

官兵衛身後傳來另一個聲音，隨即現身的是大町半五郎。

「井手兄，你誤判了最重要的關鍵，如同你誤解了捕頭和捕快的使命。新吉並不是鎌鼬，而是耳目。」

（耳目！）

阿葉頓時啞然，凝視著新吉的背脊。這名男子就是平太提過的「耳目」嗎？

新吉正要抬手，半五郎搖頭阻止他。

「不，讓我來吧。」

半五郎拔出刀。那張溫厚的臉，在月光下變成了像能劇面具般毫無表情。官兵衛也急著拔刀，但氣勢相差太大。

勝負就在一瞬之間。

阿葉嚇得閉起雙眼，再次睜開的時候，官兵衛已倒在地上。只見半五郎的刀收回鞘內，並且恢復成她平日看到的和藹面孔。

「阿葉姑娘，有沒有受傷？」半五郎問道。

半五郎雲淡風清地解開謎團，阿葉張著的嘴巴始終合不攏。

「鎌鼬的真面目，其實是直屬武士小田切政憲大人……大岡大人很早就懷疑他。無奈的是，直屬武士不容擅動。即使在殺人的時候當場逮捕，他也可辯稱是在懲治無禮之舉（註）。奉行所這邊簡直算不清吃過多少次悶虧，於是，奉行大人下令，指派耳目去調查小田切家。」

半五郎望向新吉，阿葉也看向他。新吉眼中的冷酷似乎逐漸斂去。阿葉不知道是自己多心，還是確實如此。

新吉接續說明：

「小田切的那些家臣，都知道家主喪心病狂的行徑。問題是，在決定下一任繼承人前，絕不能讓政憲出半點差錯。政憲的病，是所謂的『殺人病』——」

「淫樂殺人……」

阿葉喃喃低語。新吉和半五郎面面相覷。

「新野大夫是這麼說的嗎？」半五郎問道。

「是的。家父推測，鎌鼬應該是患了這種病症的人。」

「大夫果眞是再世華陀！」

新吉也點頭附議。

「所以，只要殺過人，表面上他的舉止就會恢復正常。於是，那群家臣跟隨政憲，幫著他一起殺人。」

註：江户幕府明定，武士若受到極端無禮的對待，爲了維護自身的名譽，即使殺了對方也不會遭到處罰。

「奉行大人實在不得已，只好祕密指派新吉殺了政憲。」半五郎接著說：「沒想到，那一幕居然被阿葉姑娘撞見。奉行所方面無所謂，但對小田切家是個禍患。這部分和井手官兵衛的推測一樣。於是，那傢伙上門敲詐小田切家。官兵衛的誤會正中小田切家的下懷，便由著他去解決阿葉姑娘，對外宣稱政憲病故，等風波平息，想必會滅了官兵衛的口吧。他眞是個傻瓜。」

阿葉捂著面頰，頻頻搖頭。

「愈聽愈糊塗了。」

「哎，這也難怪，短時間內發生太多事了。話說回來，」半五郎笑容滿面，「不愧是新野大夫的閨女，恐嚇也好、嚇唬也罷，始終堅持親眼看到命案。方才也是，若不是新吉使眼色要我『別出來』，我差點就衝出來啦。有那麼一瞬間，我以為新吉眞的死掉了。」

「眞是妙招！」

新吉笑了。他左肘上有一道滲血的割痕，是被阿葉的匕首劃傷。

「我完全沒料到，居然能夠想出那一招，實在太小看阿葉姑娘了。」

阿葉的視線在兩人之間逡巡，停留在新吉臉上的時間尤其長。

「這麼說，一切都是演戲？」半晌，她總算開口問：「包括威脅要殺死我和我爹，還有剛才發生的事，全是演戲？」

「嗯。」新吉終究露出了愧疚的神情，「我對阿葉姑娘真的很——」

「不要隨便喊我的名字。」阿葉神色一正，「把別人騙得團團轉，說聲抱歉就沒事了嗎？」

「別氣、別氣……」半五郎趕緊出聲安撫，「話是沒錯，他確實騙了阿葉姑娘，不過目的是爲了保護妳。」

其實用不著半五郎解釋，道理阿葉都懂。可是，一旦開口，她便停不下來。

「太過分了，實在太過分了！我剛才還以爲自己眞的殺了人……眞的……要去自首了……」

話語在空中漂浮，阿葉渾身發抖，臉上血色盡失。新吉伸手想安慰，卻遭她一把揮開。她的身子晃了一下，倏然間，這段日子以來的恐懼、緊張和疲憊全湧上來。阿葉舉起拳頭，衝向新吉。若能狠狠揍他一頓，該有多痛快啊。

新吉被揍得後退半步，任由阿葉搥打。然而，那雙猶如孩童生氣時高舉的手臂，漸漸失去力氣，阿葉終於哭了出來。強忍已久的眼淚，如潰堤的洪水傾瀉而出。

一回過神，她發現自己被新吉摟在懷裡。

阿葉顫抖著啜泣，不停抽噎。新吉一句話也沒說，只是摟著阿葉，不時溫柔地拍拍她的背。他的動作，和阿葉小時候半夜做惡夢被嚇得跳起來放聲大哭時，父親玄庵安撫她的舉動，幾乎完全一樣。待在溫暖的懷抱裡，便再也不會遇到任何恐怖的事。眞希望能夠永遠徜徉在這般舒心愜意的懷抱裡。

過了好一會，半五郎有些不好意思地開口。

「這種時候實在不該打擾，」這位捕快搔搔頭，「可是我差不多該吹警笛了。」

六

翌日，一大清早，「鎌鼬已落網」的消息滿天飛。

「聽說是一個名叫豬助的人，以前當過探馬。」

「傳聞是南町奉行所的井手官兵衛大人捉住的，可惜他也受了傷，不久就喪命。」

「雖然這是捕快的職責，但還是很感謝他的犧牲。這下總算能安心走夜路。」

聽著街坊的議論，阿葉有些不滿地向新吉抱怨：

「爲什麼功勞全歸井手官兵衛？我知道沒辦法將眞相公諸於世，可是這樣未免太讓人氣惱。」

「這是出於奉行大人的考量。」他微笑答道：「並不是要隱瞞奉行所的舞弊，但井手幹的壞事讓大家知道了，反而會引起更大的風波。萬一所有的江戶人都不相信奉行所，事態恐怕會一發不可收拾，對吧？」

這麼說也有道理，阿葉改變了想法。大岡大人好不容易才重整政務，萬萬不可毀於一旦。

至於小田切政憲的那只藥盒，大町半五郎在巡邏途中拾獲，一大早立刻送交給奉行，再經評定所呈送幕府的老中（註）。原本宣稱家主罹患「急病」正在靜養的小田切家，發覺再也無法隱瞞，只得立刻上奏「家主政憲因可疑之徒『鎌鼬』而殞命」。雖然有一半是實話，但不久後，小田切一族終究躲不過領地遭沒收的命運。

江戶市街很快便恢復往常的榮景。

新吉手臂上的傷口比想像中深，花了整整半個月才痊癒。當然是由玄庵親自治療。

「打架受的傷？」

「可以這麼說。」

「哎，原因呢？酒後與人發生衝突？還是爲了女人？」

新吉來不及回話，阿葉已將父親推到一旁。

註：直屬幕府將軍的官員，負責統領全國政務。

「好了、好了，纏漂布交給我，爹快去幫那邊的患者診療吧。」

玄庵帶著疑惑的神色離開後，阿葉吐吐舌頭，新吉噗哧一笑。接著，阿葉裝模作樣地說：

「我挺有學劍術的天分吧？」

這天傍晚，玄庵獨自碾藥，管租人卯兵衛上門。

「收租嗎？」

「聽說近來按規矩付藥錢的患者變多了。」

玄庵沉下臉，「消息眞靈通。」

「對門的新吉師傅，不也找大夫您治療手臂的傷還是哪裡的傷嗎？那個小伙子做事中規中矩，想必也是按禮數給藥錢吧？」

「給是給了……」玄庵撫著下巴，「可是我怎麼覺得收了他的藥錢，女兒就要被他帶走了呢……」

朧月貴客

一

那名旅人每年總在朧月的第一天來到「梅屋」，並投宿五天。今年也不例外，準時到訪。

梅屋是千住驛站的小客棧，由一對夫妻和過了年就是九歲的兒子，一家三口辛勤打理。

千住驛站位於南來北往的奧州街道，可通往伊達氏、松平氏、佐竹氏和南部氏等藩國的交通要道，自古即相當熱鬧。不僅如此，亦是知名的青樓楚館聚集地，許多私娼在當中賣笑爲生。梅屋便是在這地方做點小生意。

梅屋爲投宿旅客提供的美味飯菜，在千住驛站的客棧中小有名氣。老闆竹藏曾在餐館掌杓，廚藝精湛，那些遍嘗各地美食、養刁了嘴的行商，便是爲了一飽口福，特意選擇梅屋下榻。

旅客偏愛在此投宿的理由還有一個，就是看中討喜又吉利的店號。老闆名爲竹藏，兒子叫松吉，老闆娘是阿里，店號則是梅屋，合起來恰恰是「松竹梅之里」。那位總是頂著暮冬寒風翩然而至的投宿旅客也笑著說，正是中意這裡的飯菜和店號才住下。

那位旅客名為常二郎，據說在伊達公的城腳下，開了一家叫「鏡屋」的婦女用品雜貨鋪。每年臘月前來江戶，便是為了採買髮飾和梳子。這些小玩意在正月的銷路特別暢旺。

「江戶的飾品格外典雅，從武士門第的夫人小姐到商家的閨女，無不爭相添購。」

常二郎的年紀和竹藏相仿，不愧是商人，久居東北卻說得一口流利的江戶話。他膚色白皙，和善可親，沒有東北人的怯生寡言。在梅屋的常客當中，竹藏夫妻特別期盼這一位的到來。

除了性格之外，常二郎支付房錢的方式十分奇特，別有一番雅趣。

「明年是巳年，不曉得常二郎先生又會帶來多麼精巧的玩意？」

阿里在廚房裡削著白蘿蔔皮，一邊細聲問竹藏。今晚住宿的客人總共八位，竹藏正忙著為八份餐膳分別擺上剛起鍋、還熱得冒煙的蒸煮白蘿蔔澆味噌醬。

不單是常二郎，舉凡嚴冬時節投宿梅屋的旅客都趕在年前收帳批貨，個個忙得不可開交。竹藏堅持，即使客人晚歸，也得送上熱騰騰的飯菜才行。為此，這家小客棧的煤炭錢和油錢是一筆不小的花費，並且竹藏常得通宵等候客人回來。但他不以為苦，畢竟這就是梅屋自豪的待客之道。

「再收下這一件，就蒐集干支的半數嘍。」阿里說得興高采烈，「子、丑、寅、卯、辰、巳……」

「妳別高興得太早，常二郎先生今年未必會拿小玩意來抵帳。」

竹藏笑著向妻子潑冷水，其實他心底有著相同的期望。

「鏡屋」常二郎向來以金飾代替房錢，而款式總是翌年，亦即新年的干支飾件，尺寸極小，約莫只有成年人的拇指指甲一般大，但做工細緻入微。子年的老鼠連尾巴上的汗毛都清晰可辨，寅年的老虎表面甚至綴上以硫黃燻銀的斑紋。

這樣的默契，始於常二郎投宿梅屋頭一年的臘月。他住了幾日，隔天一早就要離開。臨去前的那晚，常二郎將竹藏請進客房。

「老闆，事情是這樣的……」

常二郎特地關緊紙門，煞有介事地壓低嗓音。若常二郎的眼神閃爍，竹藏肯定會以爲他要坦承無法付房錢。

然而，常二郎的目光炯炯有神，表情泰然自若，只是招手低聲喚來竹藏，表示有個好消息想和他分享，接著娓娓道來：

「在下每年臘月會前往江戶一趟，表面上是採購歲暮好貨，其實是專程來領回前一年下訂的精巧珠寶。因此，我帶回去的全是高明金匠耗費一整年才完成的上等佳品，當然都是不惜巨資，用金銀打造，並綴滿水晶、珊瑚的價值連城的寶物。而且，這些飾件多半已有人願意收購。」

竹藏愣愣點頭，並未露出感嘆的表情，因爲他還沒聽懂常二郎的意思。常二郎直視著竹藏的雙眼，繼續道：

「恕在下不得不慎防隔牆有耳，不便將這些飾件全攤開來，畢竟歲暮年終的江戶充斥著宵小之輩，連轎夫的草鞋都免不了遭竊。不過，倒是能取出一件讓老闆過目。」

說著，常二郎從懷裡掏出一個紫色綢布包。布包扁平，不似裏有物品。常二郎緩緩揭開，出現一只金色的老鼠。

「這是代表明年干支的『子』。」常二郎低聲解釋：「是純金的。請您看看，這做工有多麼精細！」

竹藏半信半疑，仍依言伸手拿起鼠形飾件。儘管玲瓏小巧，但做工繁複，栩栩如生。

「的確是上好的珠寶。」

竹藏遞還，常二郎掩在掌中收起。

「當然是上等貨，這是江戶最高竿的金匠精心打造的。」常二郎瞪大雙眼，仍壓低嗓門說：「千萬不能張揚，我只告訴您一人，這是伊達公訂製的寶物。」

「小的惶恐……」竹藏膝行向後，「像我這種市井小民，豈有榮幸拜見如此珍貴的寶物？」

「伊達公希望每年蒐集一件屬於當年干支的飾品，囑咐在下負責張羅。誠如在下的家鄉用『伊達者』來形容崇尙風雅之士，伊達公在賞玩方面果眞格外講究。其實大可下令一口氣做足十二只金飾，他卻認爲此舉未免庸俗，於是特意耗費十二年，逐一添置代表當年干支的飾品，如此亦可欣賞到不同金匠的絕妙功夫。」

「原來如此，不愧是講究之人。」

竹藏唯唯諾諾地附和，卻不明白這件事和梅屋究竟有何關聯。

「承接這件差事時，在下動了點腦筋，下訂時何妨多訂一只？當然，萬萬不可讓伊達公知悉。」常二郎燦爛一笑，「說來也許像鐵杵磨成繡花針，不過，趁著伊達公逐年蒐購的十二年間，在下也同樣花上十二年蒐集同一套寶物，等十二支備齊再暗中賣出去。」

「您要賣掉那套寶物嗎？」

「是的，這筆生意估計高達上百兩。當伊達公整套蒐集完畢，想必會得意地對外炫耀，保不準還會獻給將軍大人。如此一來，無論是留在伊達公的身邊，或是獻入將軍府，在下手中的這套寶物身價也會跟著水漲船高。外頭多得是附庸風雅之人，不惜耗費巨資，也想擁有和伊達公或將軍大人同樣的收藏品。」

「可是，就算有人花了大把銀兩買到相同的寶物，也沒辦法向人炫耀吧？要是到處吹噓擁有相同的收藏品，會給您添麻煩。」

常二郎縱聲朗笑。「沒錯，所以在下割愛的條件是，買家必須絕口不提此事。話說回來，這些附庸風雅之人，即使家中寶物不便向他人展示，僅是納爲己有，仍心滿意足。」

竹藏點點頭。這種事與他的生活幾乎沾不上邊。原來有錢人那麼好面子、愛炫耀，並且會藉此展現權勢。

「直到住宿貴客棧前，在下確實打算自行蒐集另一套干支飾品……」常二郎接著道：「然而，吃到美味的熱食、睡到乾淨暖和的被褥、住到打掃清潔的客房，使得在下改變主意。在下從事的行當，往後想必還會遇上好幾回這樣的交易，可是，請恕在下冒昧，老闆經營一家小客棧，恐怕難得遇見如此天大的機緣吧？」

「當然，」竹藏回答：「簡直像做夢一樣。」

「您願不願意讓美夢成眞？」常二郎湊向竹藏，「很簡單，只要答應收下這件飾品充抵房錢即可。」

竹藏嚇一大跳，頓時說不出話。

「往後每年同一時節，在下都會到此借宿。」常二郎滿面笑容地說：「每一回都會拿一件這種飾品支付房錢。十二年後，您就能蒐齊一套和伊達公相同的收藏品。接著，經由在下仲介，脫手賣給想要的人。」

竹藏不知該如何答覆。常二郎笑瞇瞇地繼續道：

「在下盼望能給您這樣正直做生意的好人一個翻身的機會。只要在這十二年間別讓任何人知曉此事，小心保管，蒐集完一整套就行。如此一來，令郎松吉長大成人後，若有心將梅屋擴展為千住最豪華的旅館，也不必為資金發愁。」

竹藏覺得自己像小姑娘，一顆心噗通噗通跳個不停。

松吉和梅屋是他這輩子最珍惜的寶貝，如今這兩件寶貝，或許有機會變得比現在更傑出、更氣派。這麼難得一見的提議，可不是天天都有。

過去竹藏一心一意腳踏實地經營這家客棧，別說賭博，連投機的生意都沒想過，也沒摸過。這次的提議，彷彿是老天爺的賞賜。

「您真的願意轉讓給我們……？」竹藏慎重確認。

「是的。在下是真心想這麼做，就看您意下如何。」

語畢，常二郎見竹藏面露遲疑，倏然朝自己的額頭一拍。

「恕在下考慮不周，難怪老闆不敢允諾。您不妨先將這只金鼠，帶去給信得過的人鑑定是不是真金。不過，對方得守口如瓶，否則在下會很困擾。」

於是，常二郎偕同竹藏前往當地唯一一家古董店。店主不發一語，鑑定完畢後，神情嚴肅地斷定為純金無誤。

「可是，這麼貴重的東西實在不能收下。」竹藏推辭，「住在小店的五天房錢，連用來打造這飾品的金子價值的一半都不到。」

「那麼，請於明年臘月在下再次造訪時，置辦更豐盛的飯菜招待吧。」常二郎應道：「以後每年來住宿，便成為在下最期待的人生樂事。」

竹藏回去和阿里促膝長談，松吉也加入商量。不管任何事，向來是一家三口共同決定。

「阿爹，收下嘛。」松吉天真無邪地說：「那只金鼠好漂亮。」

答應常二郎的提議，等於無法向他收取房錢。而且，必須等蒐齊十二件物品才能高價售出。更何況，還不確定萬一伊達公知悉此事，會不會惹禍上身。

「至少這寶物模樣挺吉利的。」阿里溫柔地開口：「鏡屋常二郎先生不是說，希望幫我們大賺一筆嗎？當家的，我們就接受他的心意吧。」

於是，梅屋收下金鼠飾品。常二郎十分欣慰，再三叮囑在蒐齊前千萬不能賣掉，要留心遭竊，才返回故鄉。

常二郎信守承諾，隔年和再隔一年都依約來到梅屋，並且按照丑、寅、卯、辰的干支順序，逐一留下飾品充抵房錢。

在寅年之前，梅屋夫妻還謹慎地請人鑑定收到的飾品，但隨著對常二郎的信任加深，他們逐漸放寬心，不再送去檢查。他們愈來愈信賴常二郎，也愈來愈熱情招待。甚至在常二郎下榻期間，竹藏拿出小心翼翼保管的那些飾品，兩人一邊欣賞一邊舉杯對飲，已成爲每年的慣例。

二

「今年又到了那個重要的時刻。」

在常二郎住宿的第五夜，他將梅屋夫妻喚來客房，說了這句話。

竹藏和阿里每年總是殷殷企盼這位貴客的到來，常二郎往往也同樣喜形於色，期待著一年一度的美好時光。

然而，常二郎今年的表情卻不同以往。只見他眉頭深鎖，十指時扣時鬆，顯得有些焦慮。

「怎麼了嗎？」

竹藏表示關心，常二郎一聲嘆氣，回道：

「事情有些棘手。」

「是不是發生什麼狀況？」

「是的。不瞞二位，關於飾品……」

此時，紙門的另一邊隱約傳來腳步聲。常二郎大驚失色，猛然打開紙門。眼前出現抱著一隻圓胖大白犬的松吉，臉上同樣是嚇了一跳的表情。

「對不起，阿鐵偷跑出來，四處蹓躂，我正要帶牠回去。」

常二郎朝竹藏夫妻瞥了一眼。阿里又氣又好笑地解釋：

「阿鐵是狗的名字，松吉從外頭撿回來的。這狗吃得多，又喜歡半夜偷偷在客棧裡蹓躂，常嚇著客人，眞不知該拿牠怎麼辦。」

「可是，阿鐵會捉老鼠。」松吉氣鼓鼓地辯解：「牠還會捉蛇。鏡屋伯伯，阿鐵會逮住來偷松鴉、雲雀、歌鴝等鳥蛋的蛇，然後吃下肚，是一隻很能幹的狗。」

「好好好……」常二郎連連點頭，「乖，你先到旁邊玩，伯伯和你阿爹阿娘有要緊的事商量。」

「知道了。」

松吉順從地抱著阿鐵離開。臨走前，阿鐵依依不捨地吠了幾聲。

「好，言歸正傳。首先請過目，這是明年的干支，也就是巳年的蛇形飾品。」

常二郎從包袱裡取出閃耀著燦爛金光的蛇形飾品。那只金蛇盤成三圈，蛇頭伏於中央。

「簡直跟眞的一模一樣！」竹藏不禁讚嘆，阿里也驚艷不已。

蛇軀順時針方向蜷成一團，連身上的鱗片都清晰可見。這回的飾品不同以往，連兩顆眼珠子都彷彿用水晶鑲嵌，熠熠生輝。

除此之外，還有一點和過去的飾品大不相同，就是尺寸。

「如二位所見，這團蛇的直徑約莫一寸半，用的金量是先前那些飾品的三倍。」常二郎解釋：「所以在下才發愁。」

接下來，用不著常二郎多說，竹藏已明白。

「我瞭解您發愁的理由了。這一件飾品的價値，實在遠遠超出今年的房錢。」

「的確如此。」

阿里跟著附和。常二郎一臉愁容地點點頭。

「所言正是。在下詢問金匠到底是怎麼回事，他說蛇形特別難做，非得做成這般大小才能表現出細微之處。由於在下一再抱怨尺寸太大，反倒遭金匠數落，總不至於稍大了些，伊達公便不肯多付錢吧。」

常二郎直視著梅屋夫妻，以眼神徵詢該如何是好。

「這回的價格超出好幾倍，實在無法和過去一樣，用隔年款待珍饈美酒來抵付。話說回來，僅僅缺了巳年這只，拿餘下的十一只湊數也不妥。那套飾品，蒐齊十二只才稱得上價值連城……都集到一半了……」

常二郎不甘心地緊咬下唇。沉默片刻，竹藏下定決心，開口問：

「如果我們還是想要蛇形飾品，扣掉房錢，大約還需付您多少才夠？」

「當家的……」

阿里伸手搭住丈夫的胳臂，竹藏溫柔地拍拍妻子的手背。

「您估計是多少呢？」

常二郎陷入沉思。半晌過後，他咕噥一句：

「少說得給十兩……」

「十兩！」阿里不禁坐正，「我們上哪湊這麼大的金額……」

「太遺憾了……」常二郎雙手交抱，閉上雙眼。「眞的拿不出這筆錢嗎？」

竹藏苦苦思索。屋外，嚴冬的寒風不停拍打著窗子。

「十兩，我們付了！」

他毅然說道。

竹藏想到的辦法是，以蛇形飾品爲擔保，向曾幫忙鑑定的古董店主預借十兩。

常二郎也陪同前往那家古董店。他將裹著飾品的包袱拎在手中，走在雨雪交加的夜路上，時而向竹藏致歉，時而好言勸慰。

古董店主面無表情地聽完兩人說明來意，接著仔細察看蛇形飾品。檢查期間，他還把竹藏和常二郎趕去隔壁的客廳。兩人默默喝著店主太太送上的淡茶，等待著結果。

「就借你十兩吧。」

不久，紙門推開，臉上沒有一絲喜色的古董店主如此回覆。竹藏和常二郎相互拍肩，興奮不已。

「店主，您務必小心保管啊。不曉得您打算收在什麼地方？」

常二郎擔心地詢問。聽到古董店主說會收在上鎖的庫房，他便堅持親手放進去。

「在下將金飾交給梅屋老闆時向來如此。萬一不幸遭竊，上頭發覺在下居然背地裡多造一只，項上人頭恐怕不保。」

古董店主答應這項要求。常二郎把蛇形飾品擺在自認妥當的位置，開心地望向竹藏。

「如此一來，明天早晨在下總算能安心出發。」

回程的路面綴著點點白雪，竹藏的心卻暖洋洋。他覺得眞的買到了夢想。十兩雖然是一筆龐大的債務，但只要再熬個六年，湊齊十二件金飾，就能一口氣清償……不，得更加努力，趕緊還掉這筆債。

常二郎也十分高興。他頻頻向竹藏與阿里道謝，說是明日一早就要啓程，先回房休息了。喜孜孜的竹藏和阿里興奮地聊到深夜。等這對夫妻訓完又在客棧裡蹓躂的阿鐵、進了被窩，已過子時。即使晚睡，翌日夫妻倆仍起了個大早，特地爲常二郎準備豪華的盒飯。

三

古董店的小伙計上氣不接下氣地衝到梅屋，差不多是該張羅午飯的時候。

「不見啦！」小伙計喘得臉紅，扯著嗓門大吼：「蛇形飾品不見啦！」

竹藏一聽，急急忙忙地趕往古董店。今日放晴後融化的路面雪水，隨著他倉促的步伐沿途飛濺。古董店主雙眉深鎖，雙手揣在懷裡，站在庫房前等待竹藏。

「飾品消失了。」

古董店主的語氣雖然比小伙計冷靜，仍可聽出他話中的不悅。

「今天早上我打開庫房想讓伙計看一下，叮嚀他得小心保管，沒想到裡頭獨獨缺了蛇形飾品。」

「只缺了那個？其他東西都在嗎？」竹藏臉色煞白。

「對。」古董店主點點頭，「關於這件事，我有個想法，所以請妻子和伙計仔細找找地板底下和後院。」

「地板底下和後院？」竹藏像傻子般複誦。

就在此時，傳來呼喊聲：

「找到啦、找到啦！老爺，那東西就在這裡。」

古董店主以目光催促竹藏隨他走向後院。

蒔花弄草大概是店主的興趣。院子裡整齊擺放著許多姿態優美的盆栽，暗綠的松針和山茶花葉在融雪沾濡下閃閃發亮。一旁的小伙計高舉著一根木棍。

「您們看，就是這個！」

木棍頂端捲著一條金色的蛇。那條蛇緩慢地移動，速度慢到沒定睛細看就無法察覺。

「老爺，我嚇好大一跳，沒想到居然有那麼小的蛇。」小伙計說。

「這叫青山蛇，生長在奧州的深山裡。體型小，個性溫馴，而且這還是一尾剛出生不久的幼蛇。」古董店主雙手揣在懷裡，轉向竹藏，怒氣沖沖地說：「那男人用這東西訛騙了你十兩和房錢。」

「訛騙……」竹藏喃喃自語，旋即大叫：「我受騙了？」

「沒錯。那男人用計讓你們徹底放下戒心，再拿這個東西騙走錢。蛇在寒冷的時候幾乎不太動，只要放在冷水或雪裡，看起來就像死了。接著把蛇身塗上金粉，就能冒充飾品。約莫是今天早上天氣變暖，蛇爬出去覓食。」

「可是，您不是鑑定過了嗎？」

「想必那男人當時拿給我的是真品。」古董店主板著面孔說：「後來趁著收進庫房的機會，來了個偷天換日。」

竹藏雙腿一軟，癱坐在地，半晌連一句話都說不出來。

「笑吧。」古董店主正色相勸：「這一行做久了，難免會上當受騙。這種時候，我總是張口大笑，而且要笑得愈大聲愈好，否則會發瘋。」

竹藏勉強擠出一絲笑意。

「那麼，我隨你回府上吧。」古董店主同情地看著竹藏，「依我推測，留在府上的其他飾品，恐怕也都調包成贗品，還是讓我過去再鑑定一次。」

竹藏連站起來的力氣都沒了。

四

古董店主憂心的事果然成眞。從子鼠、丑牛、寅虎、卯兔，乃至於辰龍，統統被調換成一文不値的假貨。阿里同樣驚慌，但看到丈夫垂頭喪氣的模樣，仍噙著淚水勸慰：

「當家的，別再自責了。」

「不，一切都怪我不好，是我起了貪念，所以受到老天爺的責罰。」

在一旁聽著爹娘交談的松吉也難過地低著頭，走出屋外。

「可是，他這麼大費周章欺騙我們這種小客棧，能有多大的好處？以他的身分，區區十兩根本不放在眼裡吧？」

古董店主語帶同情地解釋：

「受騙的可能不單你們一家。大概從品川、新宿、板橋，甚至更遠的客棧，都被他用這種伎倆騙走不少錢財。只要備妥一套道具，接下來就能反覆用來騙人。騙一次得手十兩，騙十次便得手一百兩。這門好生意，連我都想做。」

竹藏夫婦非常沮喪，古董店主則仰首望天。這時，松吉哭喪著臉跑進屋裡。

「阿娘，阿鐵不太對勁，好像是吃壞肚子，疼得在地上打滾。」

阿里抬眼望向丈夫。竹藏哪裡還有心思想到家裡的狗。然而，古董店主精神一振，問道：

「府上養狗？」

「是的。」阿里被古董店主的氣勢嚇得退了一步。

「沒拴上嗎？」

「是的。」

「昨晚也沒拴？」

「是的。」

「我們去看看情況吧。對了，這裡備著驅蟲藥嗎？」

阿鐵在地上打滾一陣，四腳朝天，痛苦地喘著粗氣。古董店主把驅蟲藥兌水餵牠喝下，吩咐松吉摩挲阿鐵的肚子，接著附耳說了一句話，松吉猛然瞪大雙眼。

「真的嗎？」

「應當錯不了。」古董店主嚴肅答道。

松吉依照囑咐，不停撫著阿鐵的肚子。古董店主在梅屋的客廳等候，竹藏和阿里為了排憂解悶，刻意忙著打理內外。

約莫半個時辰後，松吉發出歡呼。

「古董店伯伯，出來了、出來了！」

古董店主領著竹藏夫婦來到松吉身邊。只見松吉打了井水，正在沖洗一件東西。恢復如常的阿鐵在一旁開心地搖著尾巴。

「瞧，就是這個！」

松吉遞給爹娘的是金色的蛇。正是那件蛇形飾品！竹藏夫妻張口結舌，還沒回神，古董店主先伸手接了過來。

「這才是我鑑定的金飾，確實是眞品。」

「阿鐵是貪吃鬼，以爲這一尾是眞蛇，於是吃下肚啦。」

松吉興高采烈地蹦蹦跳跳，阿鐵在他腳邊兜繞著汪汪叫。

「若能賣個好價格，應該值三十兩。」古董店主說：「我幫你們找買主吧。別擔心，可以過個好年了。」

竹藏和阿里十指交扣，凝望著閃閃發亮的蛇形飾品。

「可是，常二郎先生會怎樣呢？」阿里嘟噥著。

「管他的，難不成還有臉來嗎？想必現下正慌裡慌張地到處找金蛇吧。」竹藏啐道。

「應該是吧。今後要是那傢伙又來問起蛇形飾品，就告訴他那件飾品做得太活靈活現，每天晚上都會爬出來吞鳥蛋，實在沒辦法，乾脆餵狗吃了。」

古董店主說著，摸了摸阿鐵和松吉的頭。

迷途之鴿

一

日本橋通町，是江戶最具規模的百貨批發街，一年四季人流如織。

熱鬧的街上，一家飯館名爲「姊妹屋」。阿初趁著客潮稍歇的空檔打掃四周，一邊往地面灑水，一邊輕哼小曲。

提桶裡的水依然冷冽，然而，彎腰掃地時灑在背上的陽光十分和煦，像是一雙溫暖的手輕柔撫著她。

人們行色匆匆，在阿初的身旁穿梭來去。有揹著沉重行囊的行商，有施抹香粉的姐兒，有馬匹還有轎子，不時夾著幾個出門跑腿的伙計，或是肩綁袖帶、腰繫圍裙的商家學徒急奔而過。在春日暖陽的映照下，豎在街邊的五彩招牌，與掛在簷上的招牌，顯得格外繽紛奪目。

江戶眞是個美麗的地方，能夠生長在這裡是我的福氣，阿初不由得打心底讚嘆。

然而，就在這一剎那，她看到奇怪的一幕——走在前方的女子袖兜上，沾著黏呼呼的血跡。

阿初的雙眼眨了又眨。

那女子貌似商家的夫人，身邊跟著一個隨從。從阿初的角度只能瞧見她的背影，應該是身材高䠷且體態優美的婦人。

阿初揉了揉眼，說不定是一時眼花。

可是她又定睛瞧了瞧，那名女子的碎花衣袖染上一片殷紅。不光是這樣，那片紅印子濕答答的，眼看著就要滴落地面。

阿初遲疑片刻，把提桶擱在腳邊，小跑步追上那名女子，開口喊了聲：

「不好意思！」

轉身望向阿初的，是一張約莫三十出頭、冷若冰霜的美麗臉龐。一旁陪同的男子也停下腳步，看來像是精明的掌櫃。

「什麼事？」

「您的衣袖沾著血，該不會身上受了傷吧？」

聽到阿初的話，女子皺起眉頭，先是垂眼望向袖兜，接著瞅了阿初一眼。與隨從的男子交換眼神後，她擺了擺兩側衣袖，問道：

「在什麼地方？」

阿初吃了一驚，怎會看不見？幾乎要淌落地面的鮮紅血滴，連小孩子都看得到啊。

「在您的衣袖上。爲什麼沒看見呢？」

阿初說著，伸手去指。女子不悅地揮開她的手。

「哪來的姑娘！一上來就說出這麼嚇人的話，究竟是何居心？」

女子大聲喝斥，往來的行人紛紛駐足，好奇地探詢發生什麼事。

「怎麼啦？是扒手嗎？」

有人立刻嚷嚷。江戶人都是急性子。不消片刻，四面八方湧來一堆人，將阿初層層包圍，七嘴八舌地談論，她頓時不知如何是好。儘管阿初一再解釋這位夫人的衣袖上沾著血跡，圍觀的群眾卻口徑一致地駁斥，說是誰也沒看到。最後甚至群起激憤，責罵阿初看似乖巧，沒想到竟是如此厚顏無恥的丫頭，得拉去警備所請官差大人處置才行。阿初一聽，倏然冷汗直淌，心想萬萬不可被拉去警備所，急著四處張望有沒有認識的人能幫忙緩頰。眾人認定她是扒手，對她又擠又推。

就在這時，救命恩人翩然現身。

「救命的大恩，萬分感激！」

姊妹屋裡的小包廂，阿初和阿好齊齊磕頭謝恩。

姊妹屋是阿初和大嫂阿好一起經營的小飯館。

「不必多禮，快起身吧。」

阿初的救命恩人笑得連眼角都堆出深深的魚尾紋。此人一身便裝，腰配長短雙刀，手持一頂覆面草笠。

阿初和阿好多次請教大名，和藹的恩人僅一笑置之。他的衣服並未飾上家徽，卻看得出是上等質料，可見身分不凡。

「要是武士大人沒出面解圍，這件事還眞不知道該如何收場。」

「就是說嘛！大嫂眞是的，那麼危急的時刻偏偏不在店裡，我簡直快嚇破膽。」

方才這位武士走入群眾，對著那貴夫人作風、引發糾紛的女子，以沉穩而洪亮的嗓音說：

「不妨先檢查懷中物品是否遺失？倘若錢財俱在，可否看在老朽的面上就此作罷？」

女子身上的物品自然不可能遺失，眾人終於放過阿初。這位武士本想直接離開，阿初堅持將他請至姊妹屋。這時，恰巧阿好買菜回來，於是姑嫂兩人一起跪在榻榻米上，連連磕頭謝恩。

「可以了、可以了。老朽倒是有一事不解——」武士端著阿初送上的茶杯，回頭望向店門上的招牌。「每回走在街上看見飯館掛的這種招牌，老朽心裡總是納悶，上面的畫是什麼意思？」

姊妹屋的招牌上畫著「魔鬼」和「姑娘」的圖示，共有一個鬼怪和兩個姑娘。這招牌是最近剛換的，小歸小，挺顯眼的。

「凡是紅燒菜做得好的飯館，都會掛出這樣的招牌。」阿好說明，「就是魔鬼和姑娘連起來的諧音（註）。別家飯館只畫一個魔鬼和一個姑娘，但我們是姊妹屋，所以畫了兩個姑娘。」

「原來是這層緣由。」武士點點頭，「的確是兩位美麗的姑娘經營的飯館。」

「我們這裡眞的有像魔鬼一樣的人。」阿初說。

「哦，是誰？」

「阿初，別亂講話。」阿好輕斥阿初一句，笑著回答：「這姑娘的大哥，也就是我的夫君是當差的，有些人戲稱他爲魔鬼老大……」

「這麼說，府上的當家老爺是通町的六藏老大嗎？」

「不敢當，沒想到武士大人也知道外子。」

「舉凡住在這一帶的人，誰不知道名號響叮噹的『通町六藏』？不過，既是如此，方才發生糾紛時，爲何不告訴大家？」

註：日文「鬼」（鬼怪）和「姫」（姑娘）連起來念是「お煮しめ」（onishime，紅燒菜）的諧音。

武士看向阿初。阿初誇張地縮了縮脖子，應道：

「萬一大哥得知我遭人誤認成扒手，怕是會被他剝掉一層皮。」

武士縱聲朗笑，中氣十足，猶如年輕人。

「好好好，這件事得保密、這件事得保密。話說回來——」武士忽然神色一正，「身爲探馬之妹，總不至於看走眼。妳當眞看到那位夫人的衣袖上沾著血嗎？」

阿初不禁猶豫。大家都堅稱沒看見，她也沒把握自己究竟是不是一時眼花。

她無助地望向阿好，只見大嫂雙手擱在膝上，一雙鳳眼盯著她，同樣等待著答案。於是，阿初更不知道該怎麼回答。

「那時我確實看到了，可是在場的人都說沒瞧見。」她抬起眼，直視武士那張充滿智慧的面孔。「請問武士大人看到了嗎？」

「唔，老朽同樣並未目睹異狀。」

「八成是一時激動才看走眼。」

阿好隨即從旁插話。聽到大嫂如此斷言，阿初有些訝異。阿好向來處事沉著，與性情急躁的六藏是一對個性迥異的夫妻，由此更能看出阿好難掩對小姑的擔憂。阿初心裡既是感激，又有些爲難。

所幸此時來了一人，恰巧化解尷尬的氛圍。阿初開心地喊著：

「直二哥，你回來啦。」

踏入姊妹屋的正是阿初的二哥直次。

直次的臉孔晒得黝黑，身上那件藏青色的短褂後背，留了一個未經藍染的白色「庭」字，高出六藏一個頭。他是名植樹工，幾年前單獨搬去植木町住，不時回姊妹屋探望家人。況且，這裡其實離他的師傅家更近一些，可說是興之所至，想來就來。

「嘿，我剛好到附近——」

直次一派輕鬆地說著話走過來，倏然打住，詫異地瞪著武士，彷彿做夢都沒想過會在這裡遇見此人。

阿初望向武士，只見他同樣頗感意外地喃喃出聲：「原來……」

「這是我的小叔……」阿好試探性地介紹直次。

「唔——」武士摩挲著下巴，對直次說：「原來如此……這是你家。」

直次畢恭畢敬地鞠躬問候：

「大人獨自出門嗎？」

「唔，出來散散步。」

武士簡要回答後，給了納悶地望著他和直次的阿初一個笑容，隨即起身。

「叨擾太久了，多謝款待。」

武士取起覆面草笠。阿初看到他彷彿再次叮囑般，朝直次使了個眼色，而直次也微微點頭。

「那麼，這件事可得瞞著通町的老大嘍。」

武士愉快地對著阿初笑了笑，邁出飯館。阿初和阿好兩人追上去不斷道謝，目送他的身影消失於遠方後，阿初才轉身撲向二哥急問：

「直二哥，你認識那位武士大人？他是誰？剛才問了好久，大人都不肯告訴我們。」

「將軍大人的直屬武士。」

直次沒好氣地回一句。阿初又問他住在哪裡？直次也只說了「日本橋」而已。

「你怎會認識直屬武士？」

「去過大人府邸修剪過幾次草木，這不重要……」換直次反問：「那位武士大人為什麼會來我們家？」

於是，阿初將事情的始末告訴直次。

「妳這丫頭……實在太魯莽。」直次苦笑著訓道，「哎，沒辦法，阿初的魯莽性子也不是這一、兩天的事。」

「直二哥眞壞，我那時候眞的看見了。」

「妳看見了？眞的看見了？」

阿好再次憂心忡忡地問。阿初暗叫一聲「糟糕」，趕緊擠出笑容說：

「愈想愈糊塗，我也記不得到底有沒有看見。」

「該不會患上什麼病吧？」直次問道。

阿初望向阿好。她心裡明白，阿好方才就一直想問她同一個問題……並且她也曉得，阿好遲遲沒問出口的理由。

「我身上一點毛病都沒有！」

阿初往胸脯一拍。直次看著阿好笑了。

「大嫂，別擔心。遇上這麼強悍的丫頭，病魔都得逃之夭夭。」

「沒事就再好不過。」阿好總算跟著笑起來。

「對極啦！所以，求求你們，別讓六藏大哥知道這件事，不然他又要爲我操心。」

「還會臭罵妳一頓。」

阿初往直次身上使勁招呼一掌。她和六藏經常拌嘴，但不敢如此造次。雖然跟一有事就先劈頭罵一頓的急性子六藏相處起來很有意思，但阿初更喜歡個性穩重、凡事以和爲貴的二哥。

大哥六藏今年三十六歲，二哥直次是二十三歲，阿初則是十六歲，三兄妹的年齡差距不小。爹娘在阿初三歲時，命喪一場火災中，此後六藏和阿好肩負起雙親的責任，拉拔阿初長大。

「大嫂，相信我。千萬別擔心，好不好？」

阿初彷彿能夠讀出阿好的心思，又一次強調。

「那麼，今晚妳得張羅一桌山珍海味，來封住大嫂和我的嘴。」

直次開朗地說道。

二

就在這一夜。

通町四丁目的蠟燭盤商「柏屋」派了人來。其中一個正是阿初白天見過的那個隨從，他自稱是店裡的二掌櫃誠太郎，專程爲日間的失禮前來鞠躬致歉。

同行的還有年紀較長的大掌櫃彌助。至於那位具有貴夫人風範的女子，則確實是柏屋的老闆娘阿清。

「小的後來才從白天目睹那一幕的街坊口中聽聞此事……店裡丫鬟的事給六藏老大添了不少麻煩，沒想到這一位竟是令妹，多有冒犯，實在失禮。柏屋敬備薄禮，望請見諒。」

柏屋送來一桶酒與糕餅禮盒。阿初和阿好歷經先悲後喜的一日，表情十分複雜。平日忙著查案的六藏，今晚也難得坐在內室享受片刻悠閒。

阿初挨了一頓罵。

「妳這丫頭，眞是冒失鬼！」通町的六藏老大厲聲喝斥：「我平常耳提面命、再三叮嚀，妳生性冒失，講話前得先在心裡數到十才說出口，妳怎麼老犯錯？」

阿初嘟起嘴巴，心裡埋怨大哥罵得太狠。

「可是，我眞的看見了。」

直到方才，阿初還說服自己只是一時眼花看錯，但大哥這麼不分青紅皀白地嚴厲責備，不服輸的她不禁嘴硬。

阿好深知這對兄妹的脾氣，早就習以爲常，立即像在僵持不下的關鍵賽事中喊暫停的相撲裁判，介入他們之間勸阻。

「當家的，別再數落阿初了。反正事情已過，況且也不能全怪阿初，對方同樣貿然下定論啊。」

「眞是的！」

六藏哼一聲。直次有意轉換話題，開口道：

「話說回來，阿初惹出這種風波，沒想到對方竟是柏屋，通町這地方還眞小。」

「我才沒有惹出風波！」阿初辯解。

「是是是，妳說的都對。不過大哥，剛才柏屋差遣來的掌櫃提到丫鬟和添麻煩之類的，那是什麼意思？」

「嗯，其實……這件事挺棘手。」

六藏盤起腿，身子往前探。前一刻還在斥責妹妹，這一刻他便惦念起另一樁煩心的事。

「柏屋又有個丫鬟逃走。」

「哎呀……又逃了一個？會不會是那謠言的緣故？」阿好壓低聲音問道。

柏屋在通町稱得上是數一數二的老鋪。阿初遇到的阿清，是上一代店主的獨生女，五年前招門納婿繼承家業，即這一代店主宇三郎。

宇三郎是豎川町一家小蔬果店的次男，十歲到柏屋當學徒，鯉躍龍門成為阿清的夫婿時，已是柏屋二掌櫃中最年輕的一位。

他沉默寡言，認眞誠懇，正派經商。雖然從小學徒一路被提拔至高位，但他並未驕矜自大，反而更能體諒受僱者的感受，在店裡深孚眾望。

宇三郎能夠搖身變爲乘龍快婿，有一半原因是勤勉誠實得到上一代店主的賞識，另一半原因則是阿清對他青睞有加，非他不嫁，甚至不惜違抗父命。這件事在通町可謂眾人皆知，因此，通町的商家少爺原本都瞧不起他，過了兩年後，才逐漸認同這個處事圓融的生意人，對宇三郎老爺的信賴更是有增無減。

然而，宇三郎卻在半年前突然病倒，病因不明。此後，他便過起臥床養病的日子。

雪上加霜的是，坊間逐漸出現對柏屋不利的流言，說宇三郎的病是惡性疫疾，會傳染給人。流言的起源是兩個月前，負責照料宇三郎的丫鬟逃了出來。柏屋向町公所提報失蹤，六藏費了九牛二虎之力，總算查出逃跑的丫鬟下落，可是那丫鬟死活不肯回店裡。

「侍奉老爺的日子一久，連我都快病啦！」

的確，丫鬟描述的症狀和宇三郎的病況十分相似，頭疼、噁心，時而發燒。所幸丫鬟的病情沒有宇三郎那般嚴重。

那段時期，柏屋生意慘澹，但好勝的阿清沒把那些流言蜚語放在心上，將頻頻造訪的古怪法師和算命仙全都趕走，依然開門做生意。堂而皇之在柏屋門前兜售制病符的詭異女巫，也被阿清提水潑了一身。當時六藏正好目睹現場，相當佩服阿清的豪氣。

由於阿清不畏流言的堅毅態度，加上診治宇三郎的市井大夫榊原表示「身為大夫的我已仔細診斷，柏屋老爺的病不會傳染給別人，絕對錯不了」，一如往常地冷靜保證，柏屋總算恢復昔日門庭若市的景況。

不料，又一個丫鬟的出奔，使得傳言再次流竄於大街小巷。

「這回逃走的姑娘名叫阿常，十八歲，同樣是宇三郎的貼身丫鬟。」

「什麼時候逃跑的？」

「三天前的夜裡。誰也沒看見她逃出家門，目前尚未掌握她的行蹤。她房裡的衣物都收拾得乾乾淨淨，不過這應該無關緊要。」

「一樣是害怕被宇三郎老爺染病，才逃走的嗎？」

「只有這個理由了。」六藏的口吻中透著憤慨，「據說阿常在消失之前，曾向其他丫鬟抱怨『待在老爺房裡的時候，身子就不舒服』。柏屋不像以前有那麼多丫鬟，除了阿常，只剩下一個負責煮飯的小姑娘。那個小姑娘也不傻，發現阿常不見，她嚇壞了，費好一番工夫才安撫下來。」

「這件事對柏屋不利哪。」直次喃喃低語。

「是啊，想必會冒出更多造謠生事的傢伙，引發更大的混亂。柏屋上上下下都擔心這一點，連堅強的夫人也不禁憂心忡忡。」

「所以，當家的，你打算幫柏屋暗中解決這個難題？」阿好的話聲格外溫柔。

「唔。原本應該正式提出協尋申請，不過考慮到柏屋處境爲難，令人同情，我就幫個忙吧。」

聽到大哥不同以往的行事作風，阿初有些訝異。通町的六藏老大凡事講究公平，辦案從不睜一眼閉一眼。這位遠近馳名的探子，被譽爲金幣鑄造所的那座大秤，宛如城堡的石牆般堅硬，無法撼動。

「當家的，你可做了件好事。」

「眞的！」阿初點頭附和。

「妳明天還是去一趟柏屋賠個罪。畢竟說出那種話，讓人聽著心裡不舒坦，難怪對方會不高興。」

或許是心情好轉，六藏開口邀直次喝一杯。於是，阿好和阿初去張羅下酒菜。

「大哥，你認識柏屋的阿清夫人？」

阿初隨口問一聲。

「若是連店主的長相都不知道，怎麼在此地當差？」

「哎，不光是這樣吧。」阿好回了一句，挫挫丈夫的銳氣。「阿清夫人年輕時，眾人都稱她是通町西施，所以她和宇三郎老爺成親時，不少男子都氣得捶胸頓足。」

「是呀，的確長得很美。」阿初笑說。雖然感覺有些高傲，不過阿初一見面就講了那樣的話，不能怪對方板起面孔。

「大哥也是當時懊惱的一人吧？」

「別胡說八道！」

阿初笑著，使勁抬起酒桶。眞重。

就在這一瞬間——

阿初的頭遭到一陣劇痛襲擊，彷彿有人拿一根又長又粗的縫針貫穿兩側太陽穴。她頭暈目眩，眼前發黑。倏然，耳底響起撕心裂肺的尖叫聲：「救命啊、救命啊！有人要殺我！」

抬著酒桶的手像著火般疼痛，她不由得雙手一鬆。砰一聲，桶內的酒液汩汩流淌。

溢流而出的酒液映在阿初眼裡，成了腥紅四濺的血、血、血！榻榻米上血流成河，阿初的手上、腳上、衣裳的袖子和裙襬，統統沾滿鮮血，宛如前一刻有人在這裡慘遭殺害。緊接著，又是一聲衝破耳膜的慘叫：

「殺——人——啦——！」

阿初昏了過去。

三

翌日。

榊原大夫來家裡爲阿初看診。在傳出對柏屋不利的流言時，這位年輕大夫挺身辯駁，六藏相當佩服他的人品，於是一早就派人去請他出診。

昨晚那一幕駭人的景象，又是只有阿初看見。

阿初問過家人，他們的答覆卻令她無法置信。那樣歷歷在目、血腥刺鼻的光景，說什麼都不可能是一時看走眼。

然而，除了阿初以外，不管是六藏、直次或阿好，誰都沒目睹異狀。他們只看到阿初尖叫後雙手一鬆，酒桶應聲落下，接著酒液潑灑一地。不僅如此，那一聲聲「殺人啦！」的吶喊，更是連一個字都沒聽見。

大夫撥冗前來，檢查了阿初的眼睛。阿好咬著乾澀的下唇，在一旁焦急地守候。

「並未發現任何異狀。」半晌過後，榊原大夫緩緩開口：「身上有無疼痛之處？」

「沒有。」阿初回答。

「先休養一陣子，再看看情況。」

阿好送大夫到門外，過了一些時候才回到房裡，原本緊抿的雙唇綻開一抹微笑，在阿初的床畔坐下。

「還好嗎？」

「我沒事了。對不起，害大家擔心。」

阿初也勉強擠出微笑。她覺得自己和阿好都必須透過這種方式，才能讓彼此的心情平靜下來。

「阿初……」阿好略顯遲疑地輕聲問：「妳……月事來了吧？」

阿初點點頭，前天來的。這是阿初第二次的月事。上個月的這幾天是她初次來潮，當時身子非常不舒服，折騰了她一番，所幸這回未有大礙，頂多和每個女人遇上月事來訪一樣，覺得「心情煩躁」而已。

「女人在月事那幾天，難免感覺頭昏腦脹、坐立不安，我也一樣。」

「大夫認爲是這個原因嗎？」

阿好送大夫出去時，耽擱一陣才折返，大概是在談這件事。

「嗯，大夫說不排除是這個因素。」

阿初不禁沉默。倘若榊原大夫是位長者，她也不至於如此難爲情。

「況且，阿初還不習慣月事，或許因此……」

「我明白，大嫂別再擔心了。您從昨天就一直猜測是這個原因吧？」

阿好淺淺一笑代替答覆。

「好了，乖乖睡一覺吧。我出門買個菜。」

同一時間，六藏來到一石橋畔。

一石橋位於日本橋的北邊，臨近西河岸町。今日清晨他接獲通知，從這座橋下撈起一具男子的浮屍。

「看來，應該是投河自盡。」

望見巡邏捕快的石部正四郎已趕到此處，六藏從屍體旁站起。他是在石部底下聽差的。

「死者是何人？」

相較於身形矮小精實的六藏，石部宛如相撲選手般體龐高壯。他急急趕來，粗氣直喘。

「死者怎麼那麼瘦？」

「這模樣似乎是大病初癒，身上沒有任何可供辨識身分的物件。」

「這下有些棘手。」石部嘖了一聲。

「臉上和身上都沒有任何傷痕，軀體也尚未浮腫，看來應該是昨晚投河的。愼重起見，我會在附近打聽看看。」

六藏面向死者，單膝跪地，舉起一手誦禱祈福，接著將草蓆覆在瘦骨嶙峋的屍體上，向一旁的手下示意搬到警備所。圍觀的群眾明白沒戲可看了，便跟著鳥獸散。

折返此地的手下回報，昨晚附近居民並未發現可疑人物，也沒聽見異樣聲響。此外，在距離日本橋川上游約十丈遠、沿河堤建造的倉庫旁，尋獲一雙擺放整齊的棄置草鞋。

「沒找到其他線索嗎？」

「是的，只找到這雙有些髒舊的草鞋而已。依小的看，大概是賭得精光，走投無路，只好跳下去一了百了吧。」

「光在這裡猜測也沒用，得先查出身分才行。畫張人像畫，交由町公所四處張貼。得趕緊將遺體送還給親人，死者才能入土爲安。」

「六藏大哥呢？」阿初問。

「大哥說，凡事聽榊原大夫的準沒錯，一切都按大夫交代的去做。」

日暮西山，傳入耳裡的酉時鐘聲有些悶，似乎快要下雨了。

「大夫早前來診察過後，不是說用不著擔心嗎？」直次說道。他剛做完工作，趕回來探望阿初的情況。

「嗯……」

阿初應一聲，拉高被子蓋住下巴，思索起來。這雙眼睛看到的幻影、惹出的風波，絕不是身子染了病，縱使榊原大夫猶如再世華陀，恐怕也無法診斷出眞正的原因……

「欸，阿初……」雙手抱胸、凝望遠方的直次，將目光拉回到阿初的臉上。「妳可以把昨晚看到的幻影，還有更早之前看到柏屋的阿清夫人衣袖染血的情景，重新詳述給我聽嗎？」

阿初依言照做。這是直次來到她枕邊後，要求她講的第三遍。

「爲什麼老是要我再講一次？」

直次陷入深思。良久，他低聲答道：

「妳每一次講的細節都一模一樣。」

「我是按照親眼看到的——不對，是自以爲親眼看到的景象描述的嘛。」

「還有一點，妳看到的幻影，都和柏屋有關，令我十分介意。」

直次沒說錯，那些幻影包括出現在阿清衣袖上的血跡，以及二掌櫃誠太郎送來的酒桶。

「還有，妳聽到的尖叫聲。」

縮在溫暖被窩裡的阿初不禁打了個哆嗦。

「我聽到有人大叫『殺人啦』。」

「記得是怎樣的聲音嗎？是男人、女人、孩童，還是老人？」

「我想想……感覺像是年輕姑娘的聲音，非常尖銳，拚命嘶吼。」

「柏屋有個名叫阿常的丫鬟不見了。」直次緩緩說道：「妳聽到的尖叫聲，不曉得和這件事有沒有關聯。」

阿初一時答不出話。

「關聯……爲什麼？會有怎樣的關聯？」

「我只是『猜想』罷了。」直次強調後，繼續道：「假如那個叫阿常的丫鬟並不是逃走，而是死於一場意外，或者遭人殺害，她爲了申冤報仇，所以現身讓妳看到那些景象……」

阿初張口結舌。她萬萬沒想到，二哥會天外飛來一筆，吐出這樣的臆測。

「我不是算命的，更不是卜卦的。二哥，你大概是野台戲看太多，把戲裡演的劇情信以爲眞了吧？」

直次忍不住笑出來。

「才不是，我可是有憑有據。」

「怪嚇唬人的。」

「的確……只是有這個可能而已。我覺得這件事有點奇怪，便委婉詢問常到柏屋整理院子的一個朋友。據他表示，那個叫阿常的姑娘侍奉老爺稱得上是盡心盡力。她的個性並不活潑，但溫柔又細心，實在不像會棄病人於不顧，更別提一聲不吭擅自逃出去。」

「可是，人的想法會改變，或許她在發覺自己也染病後，突然害怕起來。畢竟身體健康是丫鬟唯一的本錢。」

許許多多的人孤身來到江戶這個大城市，掙來的錢只夠圖個溫飽。萬一不幸生病或受傷導致無法上工，三餐立刻沒了著落。這個繁華而富裕的城市，卻也是個「人爲財死，鳥爲食亡」的城市。

直次離開後，屋外下起雨。阿初聽著雨聲，閉上眼睛，試著再睡一會。

片刻過後，躺在被窩裡的阿初，倏然睜開眼睛。

四

當手下終於查到那具浮屍的身分，並向六藏稟報，已是三天後的事。

一個住在桶町的製桶師傅藤兵衛來到警備所，懷疑死者是他以前的學徒圭太。圭太於半年前離職返鄉。

「絕錯不了，他就是圭太。」

藤兵衛在認屍後證實了死者的身分。雖然已出現腐爛，藤兵衛仍不捨地伸手輕撫死者的額頭，低聲說著「可憐的孩子」。

「他做事很勤奮，可惜有肺癆。老家在川越，兄嫂都在那裡務農，我讓他回鄉靜養，等養好身子再來江戶做工……」

「如此瘦弱的身形，看來不像是病癒。爲什麼這時候就來到江戶？」

「我也不曉得……」藤兵衛疑惑地歪著腦袋，「如果想返回江戶掙錢，按理會先來告訴我一聲。圭太是個懂分寸的年輕人。」

「他有親人在江戶嗎？」

「應該沒有。」

「之前他住在師傅家裡嗎？」

「不是，住在其他地方。好像是……對啦，鈴木町！他住在那裡一座叫『手燭房』的後巷大雜院。」

聽到這裡，六藏派遣一名手下趕赴川越，自己則前往鈴木町查案。

各地大雜院的名稱五花八門，實際的樣貌卻毫無二致。

這座名爲『手燭房』的大雜院，也只是空有好聽的名稱罷了。盡忠職守的管租人是個腦袋聰明、性格開朗如同手燭般光亮的男子。他對圭太印象深刻。

「圭太十分勤奮，從不拖欠房租。難得這個年紀的小伙子酒色賭皆不沾，附近商家的老闆娘都很喜歡他，我也很希望有像他這樣的伙計。他臨走前，我還再三叮嚀，等病好了回到江戶，一定要來我店裡做事。」

「有沒有人和他相熟？」

「這個嘛……他忠厚老實不多話，旁人對他好，他會心懷感激，但似乎沒見過他主動對人噓寒問暖。其實，我替他做過媒，他婉拒了。對方是鄰町一家小菸草鋪的獨生女，這門親事挺好的，可是他說還沒有成親的念頭。」

管租人憶起往事，語氣仍掩不住惋惜。

「是不是有心上人？」

六藏暗想，如果有心儀的女子，或許會爲了相見而返回江戶。

然而，管租人笑著直搖手。

「怎麼可能！圭太身邊不會有女人的。他婉拒我作媒，應該是覺得對製桶師傅過意不去吧。依我看，他連個好兄弟都沒有——」說到一半，管租人忽然想起什麼：「對對對，差點忘啦，圭太有養鴿子。」

「鴿子？一個獨居男人養鴿子？」

「是啊，那是他唯一的嗜好。他在鴿腳上繫紅繩，方便街坊鄰居辨識是他養的。鴿子訓練得很好，只要一聲口哨就會飛到他的身邊。搬回川越時，他也把那隻鴿子裝進小籠子一起帶走。我家幾個孩子相當捨不得那隻鴿子哩。」

圭太為何專程到江戶尋死——看來，目前只能靜待趕赴川越調查的手下回報。

六藏乾脆轉往榊原大夫居住的平松町。他想再向大夫多請教一些關於阿初的情況。

榊原大夫可謂子承父業，父親亦為市井大夫。他尚未成家，與年近六十的母親相依為命，家裡只僱了個男僕。遇上患者病急，便親自揹起藥箱趕去救治。屋宅沒有豪華的迎客玄關和踏台，求診的病患接踵而至。

「您來得正好，我剛去過柏屋。」

這位直爽的年輕大夫在門口迎接六藏，心情似乎有些低落。

「宇三郎老爺的病況又變差了嗎？」六藏問道。

「腹痛如絞。我讓他喝藥湯並施以熱敷，不知能否緩解症狀……」

大夫坐在木地板上，沮喪得頭垂背駝。六藏默默端起送來的茶杯。約莫是心理作祟，總覺得大夫家的熱水和茶湯喝起來都有股藥味。或許是觸目可及之處，盡是貼牆而立的偌大藥櫃，及陳舊的藥碾和研缽的緣故。

六藏也知道，宇三郎的病況並不樂觀。去柏屋查辦阿常的案子時，宇三郎曾拖著病體向他當面請託。宇三郎的皮膚猶如紙張般乾澀，從睡袍縫隙窺見的肋骨根根分明，令人目不忍視。

（阿常會想逃走，也有她的苦衷……）

江戶這地方極缺女人。一個正值青春年華的姑娘，比起侍奉重病的主人，只要肯咬牙下海，大可用輕鬆的方法賺到更多錢。

「說來慚愧，以目前的能力，我只能幫宇三郎老爺緩解現下的症狀……」

「我絕非懷疑大夫的診斷，不過，這種病當真不會傳染給別人嗎？」

「絕對錯不了。」大夫自信地點點頭。

「一個正值壯年的男人竟病得那般虛弱，倘使會傳染給旁人，柏屋不光上上下下，連我也得躺在這裡養病。」大夫露出疲憊的笑容，「不怕您見笑，我已束手無策，甚至懷疑過難道不是病人身上的疾患，而是其他因素造成。」

「您的意思是……？」

「我認爲可能是中毒。」

六藏陡然坐直，眼中射出銳光。大夫連忙抬手勸慰。

「別急，結果是我多慮了。我設法暗中調查，並未發現任何毒物的痕跡。」

大夫說，他查過食物、井水，甚至是肌膚會接觸到的衣服和寢具，但沒查到絲毫可疑的跡證。

六藏壓低聲音應道：

「原來如此……聽您這麼一說，我現在可以坦白了，其實我也有相同的懷疑。」

「六藏老大也如此認爲？」

「是啊。事實上，最先提出這個想法的是舍弟直次。他的工作常需出入各地的屋宅府邸，見多識廣。他曾在石見銀山那邊看過人吃下老鼠藥輕生未果，當時被救回來的母女癥狀，和宇三郎老爺的病症十分相似。」

大夫略微振奮地說：

「哦，令弟實在觀察入微……的確，我首先懷疑的毒物正是砒霜。」

「果然，我聽到直次的推論時，也覺得頗有道理，問題是……」六藏側額思索，「究竟是柏屋裡的哪個人，想對宇三郎老爺下毒？他深受僕傭與店員的愛戴，阿清夫人當年不顧父親反對執意與他結爲連理，如今仍一面掌持店務一面盡力求醫照料，不是嗎？」

大夫深深頷首，表示同意。

「我相當佩服夫人的毅力。正因如此，更爲自己的力有未逮而倍感懊惱。」

「我瞭解柏屋的情況，怎麼想都不認爲有誰會痛下毒手。況且，假如眞有人動手腳，大夫必定會立刻察覺有異，所以我遲遲沒把這個猜測說出口，沒想到您也懷疑同一件事。」

「可惜，臆測終歸是臆測罷了。」大夫苦笑道。

「不過，還是有一點令我介意。」

一聽六藏這麼說，大夫神色一正。

「或許是我多心……不曉得大夫對二掌櫃誠太郎有何看法？」

「沒什麼特別的……看起來頗爲誠懇認眞，人人都稱讚他適合做生意。」

「沒錯，誠太郎不同於其他人，並不是以學徒或伙計的身分進入柏屋。他老家是位於會津的蠟燭盤商，頗具規模，和柏屋有生意往來，換句話說，他是來學習經商之道。由於這層緣故，他和阿清夫人顯得熟不拘禮，自從宇三郎老爺病倒之後，經常與夫人形影不離。」

「如今柏屋可說是全靠阿清夫人和誠太郎的努力支撐下來，這也是沒辦法的情況。」

談話一直圍繞著柏屋打轉，六藏遲遲找不到適當的時機請教阿初的事。大夫明白六藏來訪的用意，主動提起這個話題：

「令妹還好嗎？」

「託您的福，現在已無大礙。」六藏似乎鬆了一口氣。「那丫頭平時活蹦亂跳，我還嫌她吵，恰巧可圖個耳根子清靜。」

「您盡量放寬心吧。」榊原大夫親切地勸慰：「依我診斷，那並不是病，只是年輕姑娘比較敏感而已。阿初姑娘性格開朗，想必很快就能恢復如常。」

與此同時，六藏和榊原大夫談論的主角阿初，正在前往柏屋的路上。

她悄悄整頓儀容，趁著阿好不注意，輕易地偷溜出門。姊妹屋仍是高朋滿座，阿好光是打理店務就忙得團團轉。

自從上次昏厥後，阿初反覆思考這幾天發生的事。直次的那番話宛如一根扎在心上的小肉刺，隱隱作痛。

她並未全盤接受直次的推論。一直待在家裡靜養也無法得知原因，畢竟看到幻影的人和困惑煩惱的人都是自己。阿初下定決心，無論如何非得親手查明眞相不可。

或許大嫂沒說錯，她只是這幾天有些頭昏腦脹，但也可能是有更深一層的緣由，導致只有她能夠看到別人所看不到的、感受到別人所感受不到的東西。

一隻燕子乘著春風，從阿初的面前逍遙自在地飛掠而過。

（拿那隻燕子來說吧。眼力極佳的人，連牠胸前羽毛的顏色都能清晰分辨，近視的人卻連牠是燕子還是麻雀都難以辨別。我遇上的情況，或許就是如此。）

阿初決定藉著為日前的失禮登門致歉的理由，求見阿清。她會打起精神，張大雙眼看清楚在柏屋又會發生什麼異狀。

（要是告訴六藏大哥，他肯定會罵我瘋了……可是，我有我的打算。）

抬眼望去，不遠處就是柏屋氣派的店面。做工講究的波形瓦，沉甸甸地疊壓於屋頂，彷彿是為了隱匿沉睡在底下的祕密，阿初不禁打了個哆嗦。

「打擾一下！」

五

阿清殷勤地將阿初迎入店裡。

她領著阿初走向內廳。寬敞的宅邸，極盡奢華卻絕不俗麗的擺設，令阿初嘖嘖稱奇，甚至稍稍抒解了極度緊張的心情。畢竟她這個年紀的姑娘，誰不喜愛漂亮的東西？

今天阿清同樣絕美脫俗，淺紫色衣裳將白嫩的肌膚映襯得更加雪白。當阿清來到面前時，阿初有些吃驚，立刻瞥向她的衣袖，所幸今天並未看到血跡。

「府上真是氣派。」

明明宇三郎的這場大病曾導致柏屋的經營一度陷入危機，然而，這麼一大座宅院仍能維持得如此整潔，可見財力多麼雄厚。

阿清露出微笑。這是阿初第一次在她臉上看到笑容。

「這一切都是家父和家祖留下的基業，交到我們這一代的手上，僱用的人數已不比當年，許多地方無法像過去一樣細心清掃。」

阿清的話中隱約透出一絲自暴自棄。聽她這麼一說，阿初才覺得家裡似乎冷冷清清的。可能是剩下的人手全派去店裡幫忙。

「那片格窗上雕的是四季花卉嗎？」

阿初詢問的格窗上，以碩大的牡丹花做爲鏤空雕刻的圖案。剛才經過以紙門隔出的另一間內廳時，阿初瞥見上方的格窗雕刻的是菖蒲。

「妳喜歡嗎？」阿清並未流露太多喜悅之色，「那是按照會津藩名產的彩繪蠟燭的草圖，特地請江戶一流的木匠雕刻而成。家父那一代的招牌商品是彩繪蠟燭，至今柏屋仍常向會津的製造商進貨。」

阿清說明格窗圖案的來由時，廳外忽然傳來一聲：

「夫人！」

「失陪一下。」阿清翩然起身，暫時移步至廳外。來人隱身於走廊上，看不到身影，但應該是個丫鬟。約莫是和阿常一起做事的煮飯女傭。主僕二人低聲交談，阿初只聽見斷斷續續的話語，「老爺他……」「那個由我來，阿樂去店裡……」。這個煮飯女傭似乎名叫阿樂。

該不會宇三郎老爺的病況又惡化了吧？阿初正想著，不自覺抬眼望向格窗。

她看見噴濺的血跡。

鏤空雕刻的窗上，處處可見鮮紅的血色。她剛才仰頭欣賞讚嘆的時候，根本沒有這些汙痕。阿初屏氣凝神，睜大雙眼。

她凝神細看，那片格窗並不屬於這間內廳，因爲上面雕的不是牡丹，而是菊花。細緻的花瓣上濺滿血痕。

劇烈的頭疼再度襲向阿初，恍若遭到一記重捶。阿初的掌心滲汗，她已做好迎接痛苦的準備。眼前頓時一片漆黑，身軀彷彿縮成一團，忽然間，她看到前方的對開門大敞，一個骨瘦如柴的男人背影，蜷跪在香燭通明的佛龕前。

（他是……他是宇三郎老爺……）

下一瞬間，如同供燭被吹熄，那幕光景倏然消失，換成一個姑娘倒臥在好似血海的榻榻米上。阿初看到佛龕和菊紋格窗，可見和方才是同一處。那姑娘穿著一襲洗褪了色的條紋和服，胸前被鮮血染濕一大片，亂糟糟的髮絲披散在臉上，雙眼圓睜，直勾勾地瞪著天花板。

那血色盡失的慘白面頰上，有一顆小小的痣。躺在榻榻米上一動不動的姑娘手裡有一支蠟燭，她握得非常緊，連手指的關節都泛白。泉湧而出的那灘血愈蓄愈多，宛如生物般蠕動擴散……

阿初赫然回神，發現自己無力地垂著頭。

「怎麼了嗎？」

她這才發覺阿清已回座。阿初說不出話，只能猛搖頭。她望向阿清頭頂後方的格窗，映入眼簾的是柔和花卉線條的雕刻，栩栩如生的牡丹。

阿清依然挺直背脊端坐於前，秀髮一絲不亂。剛才阿清沏的茶還冒著熱氣，可見那兩幕幻影都只短暫出現。不過，阿初已掌握需要的線索。

阿初告辭後，阿清客氣地送她到門外。所幸，沒有任何人察覺阿初的背上冷汗直流。

儘管如此，走到這一步，總不能打退堂鼓。阿初步出柏屋的正門，旋即繞到後門。她得會一會那個煮飯女傭。

從店門口往右轉，沿著檜木圍牆前行。走上大半圈，就能發現這座宅院著實占地寬廣。她穿過較矮的木門，從後方踏進廚房。爐灶砌在背對泥地的另一側，旁邊擺著大水缸。

廚房裡不見人影。阿初張望片刻，隨著一陣輕快的腳步聲由遠而近，出現一個年約十四、五的瘦小姑娘。阿初打了聲招呼。

「有什麼事？若是來兜售的，請回吧。」

回應的是冷淡的聲音。

「我不是來賣東西，而是在這裡做事的阿常的朋友。」

小姑娘面露疑惑，皺起眉頭。

「阿常姊姊才沒有朋友呢！」

「沒那回事，我們是手帕交。妳應該是阿樂吧？」

「妳怎會知道我的名字？」

「是阿常告訴我的。她稱讚妳很勤快，幫了很多忙。」

阿樂的臉上總算出現笑意。阿初接著說道：

「我在四丁目的雜糧小盤商做事，老闆派我到附近跑腿，於是順道過來看阿常有沒有空和我聊兩句。妳可以幫個忙，別讓店裡的人發現，偷偷叫她出來嗎？」

阿樂面露為難，看來是個不善說謊的小姑娘。

「阿常姊姊不在……」

「哦，夫人派她出門嗎？」阿初故意裝出擔心的神情。聽六藏說，柏屋對外宣稱阿常是因母親突然生病而趕回故鄉。「該不會是回鄉了吧？上回她提過，阿娘的身子不大好……」

阿樂立刻上鉤了。

「嗯，對，就是這樣。」

「唉……阿常真辛苦。」

這時，阿初的頭頂忽然傳來一陣撲翅聲。還沒來得及扭頭張望，一隻鴿子拍動翅膀打算歇在阿初的肩上。受到驚嚇的阿初不由自主伸手掩面，鴿子被她的動作驅離，落在五、六尺外的地上，歪著脖子咕咕直叫。

「嚇死我了……不過，還挺可愛的，訓練得眞聽話。」

阿樂搖搖頭，「不是我養的。」

「是嗎？看起來不像野鴿。」

這隻鴿子有雙白翅，右腳繫著一條紅繩。靠得這麼近也不怕人，阿初心想，應該是誰家養的鴿子吧。

「阿常姊姊很疼那隻鴿子，見牠不時飛來，就會餵飯餵水的。可是，阿常姊姊已不在這裡，牠還是三天兩頭飛來。」

「原來是這麼回事……」

二哥沒說錯，阿常姑娘的確心地善良，連走失的鴿子都會細心照料。一思及此，方才目睹的可怕情景又回到腦海，阿初胸口不禁燃起一把怒火。

鴿子烏溜溜的眼睛凝視著阿初片刻，倏然拍翅飛離。

「那隻鴿子沒能找到阿常，想必十分寂寞。」

「阿常姊姊眞的非常疼牠。有一天，一頭野貓溜進這棟宅子的地板底下，阿常姊姊擔心萬一野貓在這裡做了窩，以後鴿子飛來會被牠撓傷，還鑽到地板下面把野貓揪出來。那時，她讓我一起幫忙。」

「眞辛苦，地板底下想必又臭又髒。」

「嗯。不過，自從老爺生病，大掌櫃不知道打哪聽來的，說是地板底下住著癩蛤蟆害的，於是吩咐大家一起打掃乾淨，隔沒幾天野貓就溜進來，所以我並沒有吃太多苦頭。倒是阿常姊姊爬出來以後，一張臉煞白，好像很不舒服。她說添了麻煩過意不去，還送我一條漂亮的和服襯領。」

「癩蛤蟆……可是，聽說夫人討厭這種邪門歪道的玩意，請來高明的大夫幫老爺治病，不是嗎？」

「對啊，所以是瞞著夫人進行清掃。反正掃了老半天，根本沒掃出癩蛤蟆來。」

店員想盡一切辦法，只希望店主早日康復，阿常肯定也一樣。她不告而別，怎麼想都沒道理。

對了，剛才看到宇三郎坐在佛龕前的幻影。

「我問妳，老爺信仰虔誠嗎？」

「虔誠是什麼意思？」

「就是燒香拜佛之類的……」

阿樂點點頭。

「那倒是天天都會做。老爺還沒生病前就有這種習慣，現在依舊早晚拜佛。如果身體不舒服，實在無法起身，就稟報夫人，請夫人代為誦經。老爺說，不敬拜祖先會遭天譴……我得走了。」阿樂待不住了。「要是被人瞧見我在這邊混水摸魚，會挨罵的。」

「也是。對不起，耽擱妳了。」

聽著阿樂吧嗒吧嗒的腳步聲在走廊上逐漸遠離，阿初又等了一會，再次踏進柏屋。她把脫下的鞋夾在腰帶間，活脫脫一副女忍者的模樣。

阿常是在格窗刻有菊紋的房間遭到殺害。既然擺著佛龕，顯然是佛堂，而宇三郎早晚都在那裡做功課。

阿初躡手躡腳地沿著走廊移動。這座廣大的宅院，每個角落都靜悄悄。

阿初好歹是在通町長大的姑娘，並不是第一次進到大宅院。不過，像這樣一片寂靜的地方，她當真頭一回見識。

（八成是這地方發生過凶殺案的緣故。在這座宅子裡，感受得到曾發生慘絕人寰的悲劇。）

走了又走，幾乎算不清究竟有多少房間。阿初小心翼翼地將紙門推開一道縫，窺看房裡的擺設——沒找到菊花的格窗。更麻煩的是，擦得光亮的走廊十分滑溜難行。

她拐過一個轉角，忍不住嘆氣。就在這個時候，傳來敲磬聲。

阿初頓時駐足，也聽見低低的誦經聲。那是阿清的聲音。想必如同阿樂所說，阿清正在代替宇三郎做功課。

阿初循著聲音找到源頭，極為謹愼地推開紙門。還沒伸手移動前，兩扇門扉之間已有一道隙縫。

阿清的背影映入眼簾。佛龕的龕門敞開，線香的氣味飄散而出。格窗上的鏤空雕刻圖案是……

（是菊花！）

錯不了，就是剛才看到的幻影。那地方果眞在這座宅院裡。

阿清繼續誦經。房間裡的陳設與幻影中的景象截然不同，榻榻米光潔無比，門紙雪白簇新，格窗上的菊紋幽雅美麗。佛龕比阿初家裡的那一座足足大上一倍，並且毫不吝嗇地貼滿金箔。

可是，阿初覺得有哪裡不對勁。然而，一時半刻她實在想不出答案。

她輕手輕腳地闔上紙門。分明已推到底，兩扇門扉之間仍留下些微空隙。按理，柏屋這般講究的宅邸，家具做工不該如此不嚴實。

走廊遠處傳來說話聲。阿初連忙折返後門。

直到跑開好一段距離，順利脫身，噗通噗通的心跳總算恢復正常後，她赫然想起方才阿清做功課的情景究竟有何異樣。

那座佛龕上並未點燃供燭。

阿初情緒低落，不想直接回姊妹屋，於是沿著河畔走到江戶橋，一路上不斷思索。

（到底爲什麼要殺害阿常姑娘？）

在幻影裡，阿常握在手中的那支蠟燭，令阿初十分介意。香消玉殞的那一刻，她依舊緊緊握著不放。

偷走區區一支蠟燭而慘遭殺害，這個死因未免太牽強。阿常是柏屋的丫鬟，若是觸犯家規大可隨時解僱，要她捲鋪蓋走人。

阿初倚著欄杆，俯視腳下。日本橋川靜靜流淌，彷彿領著萬物蕩入夢鄉。

阿初感到一陣疲憊。

（這種官兵抓強盜似的事，實在不是我一個人做得來的，還是告訴六藏大哥吧……）

問題是，該怎麼說呢？要是透露在柏屋裡目睹阿常姑娘的死狀，大哥恐怕會鞋都來不及穿就急著衝出家門找榊原大夫來看診。阿初不禁嘆一口氣。

「阿初！」

忽然間，有人從背後大聲喚她。是直次。他氣喘吁吁，想必是沿路跑來。

「原來是直二哥……」

「還好意思叫我？妳這丫頭怎麼成天嚇唬人？到底上哪去了？一發現妳不見，大嫂嚇得臉色發青，心急火燎地跑來找我。現下大家正在分頭尋妳哩！」

「我去了柏屋……」阿初無精打采地咕噥一句，這下她又闖禍了。「直二哥，我在那裡看到很可怕的景象。」

阿初盡量依照先後順序把事情講一遍。

直次抱著胳膊凝神傾聽，中間只有一次打斷阿初的敘述——就是當她講到在幻影中看見阿常緊握著蠟燭不放的那一段。

「蠟燭……妳確定看到的是蠟燭？」

「對呀！我也覺得奇怪，柏屋的庫房裡多得是蠟燭，爲什麼她會握著一隻蠟燭遭人殺害？我反覆思索，就是想不透。」阿初嘆了一聲。「直二哥，能不能幫忙拜託六藏大哥調查柏屋？我去求他，大概沒指望。」

「這可難講……大哥恐怕也不會答應我的請求。除非有眞憑實據，否則大哥不可能光靠虛幻的景象就輕易對人起疑。不過，這也是他深受信賴的原因。」

「誰教大哥是死腦筋……」

兩人沉默半晌，直次突然朝欄杆一拍。

「打鐵趁熱，只要調查柏屋佛堂裡的供燭就行了！」

阿初雙眼瞪得大大的。

「怎麼調查？難不成直接上門說『打擾了，借看一下供燭』嗎？」

「傻瓜，當然是暗中調查啊。」

「直二哥要像小偷似地半夜溜進去嗎？」

「妳剛才還不是像女忍者一樣找到佛堂？既然妳辦得到，我沒道理不行。偶爾模仿探子底下的眼線搜索情報，說不定也挺有意思的。」

六

當天，深夜時分。

在燈火熄滅的房間裡，阿初披著棉被，把頭探出木格窗外，胸口噗通噗通直跳。

結果，直次真的出門了。

（我修剪樹木成天登高爬低的，用不著擔心。）

直次留下這段話離開，已是一個時辰前的事。阿初在黑夜裡屏息守候，側耳聆聽有沒有發出警哨聲？有沒有傳來卻步聲？

幸或不幸，新月之夜宛如黑墨潑天，伸手不見五指。唯有掛在警備所門前的那盞燈籠，寂寞地微微搖晃，其餘的什麼都看不到。她只聽見不曉得是哪裡的貓叫了一聲，及倚牆而放的物品倒落的聲響。

（好慢，太慢了。）

阿初揪著棉被一角，急得像熱鍋上的螞蟻。

六藏和阿好在階梯下的房間裡睡得正酣。白天，阿初返家後，阿好哭成淚人兒，六藏則把她臭罵一頓，她只能一再道歉，待在家中安安分分地不敢造次。可是，現在她盤算著，假如二哥遲遲未歸，恐怕得趕緊叫醒大哥和大嫂才行。

又過了兩刻鐘。眞是令人窒息的夜晚，阿初再也等不下去。

阿初推窗攀著房簷探身出去，接著抬腿跨過木格窗，戰戰兢兢地躡著腳，站到屋頂上。黑暗中看不到底下的情況，不至於那麼害怕，但雙腿還是有些發軟。她踏著木板屋頂前行，按距離估算，約莫來到大哥和大嫂的頭頂正上方。

阿初慢慢湊向屋簷，所幸旁邊擺著一只儲雨桶。只要踩著桶子下到地面，就能跑去柏屋一窺究竟。她撩起衣襬，屈膝準備往下爬，卻在這個當口聽到打更的梆響。不曉得是誰在深更半夜通過城門。總之，阿初被突如其來的打梆聲，嚇得腳一滑。

（要跌下去啦！）

——原以爲會摔得四腳朝天，沒想到居然並未著地。說時遲那時快，一道黑影騰躍而起，在千鈞一髮之際截下阿初。

「妳在這種地方做什麼？」

是直次。雖然眼前的人一身黑，但毫無疑問是二哥。

「太好了，等好久你都不回來，我擔心得要命。」

直次抱著阿初，宛如抱著一團棉花般快步移動，在屋頂上沒發出半點聲響。

「直二哥跟隻猴子沒兩樣！」

阿初還在讚嘆，直次已抱著她跨過木格窗，回到房間裡。只見板起臉孔等候弟妹回來的六藏站在房中央。

「先不說直次，首先阿初就沒本事當探子。乒乒乒乒的，連鬼都要被妳吵醒啦。」

直次趕緊將來龍去脈轉述給臭著一張臉的六藏聽。當他敘述到阿初看見阿常的幻影時，六藏不禁睜大雙眼。

「你們兩個，居然還沒對那件事死心？」

六藏訓了一句，旋即憂心地看著阿初。阿初嚇得縮起脖子。

「大哥，你記得之前提過，柏屋的宇三郎老爺或許並不是生病嗎？」

「當然記得。」六藏粗聲應道：「今天恰巧又和榊原大夫談起這件事。告訴你們，大夫也有些起疑，暗中調查過，但他說從食物、水到衣裳，舉凡柏屋裡的物品都沒查出一丁點毒。」

「是啊，自然查不出來，因爲毒是下在這支蠟燭裡。」

直次說著，點燃從柏屋偷來的蠟燭。黃色的火焰升起，微微搖曳，形成一環光圈。

「宇三郎老爺早晚都會跪在佛龕前禮拜，從還沒生病前就有這個習慣。只要把毒下在供燭裡，誰都不會發現。」

原來是這麼回事……阿初望著直次的側臉，覺得相當陌生。她一直以爲這個二哥與水裡來火裡去的生涯，根本八竿子打不著。

「這就是宇三郎老爺的貼身丫鬟一個個身子不適的原因。每逢榊原大夫回診前，只要打開門窗透風，便不會留下絲毫痕跡。」

「我今天看到阿清夫人做功課的時候，沒點亮佛龕上的供燭。」

阿初嘀咕幾句，六藏揚了揚有棱有角的下巴。

「妳的意思是，下手的是阿清夫人？」

「我也這麼認爲。不過，應該不是她獨自想出的詭計。當一個女人打算對丈夫下手時，通常都是有了別的男人。這是以前大哥告訴我的。最可疑的就屬二掌櫃誠太郎。他和阿清夫人幾乎形影不離，況且老家又是會津的蠟燭商，在蠟燭上動手腳可說是不費吹灰之力。」

直次附和。坐得不太舒服的六藏換了另一腳盤腿。

「好吧，姑且當成如此，然後呢？你們想出的情節，到底和阿常被殺有什麼關係？」

「因爲阿常發現他們的計謀。就在她想偷出蠟燭當呈堂供證的時候，便慘遭滅口。」

「連榊原大夫都無法識破的伎倆，阿常怎麼有辦法看穿？」

「她不是剛好撞見，就是恰巧聽到設下圈套的過程。」阿初插嘴補充：「我從阿樂那裡聽說，她曾和阿常姑娘一起鑽到地板底下驅趕貓。她們都爬出來以後，阿常姑娘變得面無血色，看起來很虛弱——」

「先是看到阿常的幽靈，現在又多一隻貓！」

六藏昂首，一臉不屑。阿初並未打退堂鼓，堅持繼續說：

「我講的都是真的。阿樂認爲，阿常姑娘是太疼愛一隻迷路的鴿子，擔心那隻貓會撓傷牠，所以才——」

阿初倏然打住，沒再往下說。只見六藏頓時臉色大變。

「妳說什麼？」

「就是貓會撓傷鴿子——」

「阿常養了鴿子？」

大哥氣急敗壞地追問，阿初招架不住，只能點點頭。

「我今天在柏屋看到那隻鴿子。」

「莫非……那隻鴿子的腳上綁著紅繩子？」

「大哥怎麼知道？」

這回輪到阿初吃了一驚。

六藏抿嘴不語，沉默良久。

「今晚我也在柏屋看到不尋常的東西。」直次開口。

「怎麼，連你也撞邪？看到的是幽靈，還是幻影？」

六藏的語氣有些心不在焉。直次繼續道：

「不是，我看到店鋪的後院有挖過土的痕跡。柏屋這陣子並未找園藝師或植樹匠去整理庭院。我聞到泥土獨特的潮濕氣味，絕對錯不了。」

蠟燭持續燃燒，忽地滋滋作響。阿初和直次一語不發，只是盯著蠟燭。

「把這玩意送去請榊原大夫檢查吧。」

六藏瞅著蠟燭半晌才說道。

「應該沒必要。」始終靜坐一旁聆聽三兄妹交談的阿好，終於開口。「瞧瞧蠟燭周圍吧。」

充當燭台的小碟子旁，躺著好幾隻趨光而來的有翅昆蟲。一隻，又一隻，接二連三紛紛掉落。在四人的注視下，昆蟲一觸到裊裊升起的灰煙，隨即跌了下去。

「六藏大哥！」阿初尖叫起來。

七

「女人心果眞是海底針。」六藏感嘆道：「沒想到，那個非君不嫁、好不容易如願的阿清，居然會對深愛的丈夫下毒。」

姊妹屋今日店休。因爲直次要帶一位貴客來，說是非和阿初見上一面不可。

柏屋那件事結案了。阿初和直次的推測可說是完全正確，從後院挖出阿常的屍體，致死的原因是胸口中了一刀。

煽惑阿清在蠟燭裡摻入砒霜的主謀，果然是二掌櫃誠太郎。此人覬覦阿清與柏屋這家老鋪，盤算著等宇三郎死後，要來個人財兩得。

阿常發現這個詭計，不得不殺人滅口。動手的是誠太郎，阿清被他說服，負責收拾善後。

他們商討這項駭人聽聞的計畫時，阿常恰巧在地板底下聽見。她想救出宇三郎，可惜這個姑娘太善良，臉上的神色和一舉一動，無不明明白白地表露內心的恐懼，阿清和誠太郎才會發現事跡敗露。

阿常的屍體仍牢牢握著蠟燭。阿清說，他們用盡辦法，都沒能扳開她的手指取下蠟燭。

至於濺滿血跡的榻榻米和格子窗，則是趁著下人不注意趕緊擦拭乾淨，棘手的是門上糊的紙。不得已，他們只好從平日罕用的內廳卸下紙門，與佛堂的交換。這就是阿初偷窺阿清誦經時，門扉闔不攏的理由。

還有一點，是關於那隻鴿子。

阿常與製桶工圭太私定終身。阿常是僱傭，圭太也尚未學成出師，兩人約好有朝一日要結爲連理。爲了排遣平日無法時刻相會的寂寞，圭太讓飼養的鴿子充當信差，與阿常互訴情衷。即使圭太患了肺癆，回到川越養病，兩人依然魚雁往返不絕。

由於他們都不識字，與其說是寫信，其實是交換圖畫，聊些日常瑣事。當手下從川越攜回阿常捎給圭太的圖文時，早已遺忘悸動爲何物的六藏，也不禁會心一笑。

圭太遠在川越，自然無從得知阿常已遇害。只是，送了幾次鴿子都沒有回音，帶回來的仍是他親手綁上的信紙，他愈想愈不安，於是啓程前往江戶，造訪柏屋。

「圭太從街坊口中聽聞柏屋對外宣稱阿常已還鄉，心裡明白那是謊言，阿常絕不可能對他不告而別，便堅持要通報官府，查個水落石出。」

於是，他也淪爲亡魂。圭太顧慮到阿常在柏屋的立場，造訪柏屋時刻意避人耳目，很容易掩蓋他的行蹤。

圭太帶來的鴿子，在他遭誠太郎痛下殺手時飛走了，但牠一直記著男女主人造訪與居住過的柏屋，不時飛回來。

這樁案件中，最令人感到不可思議的，也是六藏最爲感嘆的，便是阿清的心思。

阿清在審訊中娓娓道來。她的語氣平靜，似乎豁出一切，再也沒有任何顧忌。

「大人，我心儀宇三郎，與他結爲夫妻，如今依然深愛著他，這份心意從來不曾改變。可是……」阿清微微一笑，笑中透著落寞。「宇三郎娶的不是我，而是柏屋。他一心一意只為柏屋拚命做生意，我從未入他的眼。宇三郎只在意家父怎麼看待他，甚至家父去世後，他依然只在意親戚怎麼看待他、通町店家的其他老爺又是怎麼看待他，所以一刻都不敢懈怠。我們夫妻連體己話都不曾說過。我眞的好孤單、好寂寞……」吐露這些話時，阿清的眼中終於泛起淚光。「我壓根沒想過要對丈夫下手。誠太郎告訴我，摻些砒霜到蠟燭裡不會死人，只會身子略有不適而已。我眞笨，居然相信他的話……」

我只是盼望丈夫別一門心思全放在生意上，也多瞧瞧我幾眼。我只是希望在照料病榻上的丈夫時，他能察覺我一直在身邊。說著說著，阿清哭成淚人兒。

「眞可憐……」

聽著六藏的轉述，阿好嘆道。

「哪裡可憐？這女人向認眞經商的丈夫下了毒哩！」

阿好並未因六藏的數落而住嘴，依然說：

「大概只有同為女人，才明白那樣的心情，甚至不得不殺人……阿清夫人，恐怕難逃死罪吧。」

「我似乎也懂她的心情。」阿初和大嫂站在同一陣線。「六藏大哥還不是天天顧著緝凶歸案，把大嫂擱在一旁。等傷風著涼，才成天嚷嚷著『阿好啊、阿好啊』。」

「少胡說！」

六藏先是矢口否認，旋即將頑固揚起的下巴收回來，向阿初正色道：

「阿初，打一開始我就沒相信過妳，是我不對。不過，我還是很擔心妳的身子。算大哥求妳，再去給榊原大夫把個脈吧。」

就在這時，伴隨著「我來啦」的聲音，直次出現。

「我帶貴客回來了。」

一看，所謂的貴客，原來是那位替阿初解圍的武士大人。今日他同樣一身便服，向阿初露出和藹的笑容。

「哎呀，原來是武士大人。」

阿初和阿好齊聲喊著。

「打擾你們做生意實在抱歉，但老朽非見阿初一面不可。老朽已從直次口中，聽聞阿初在柏屋一案上立了大功。」

武士大人望著阿初的眼神，宛如父親般慈祥。

「此外，老朽也想和通町的六藏老大見上一面。畢竟平日從村山那裡聽聞不少你的功績。」

六藏是石部捕快的手下，而石部捕快的長官便是村山捕頭。六藏原本瞇起的雙眼倏然瞪大。

「那麼，大人是……」

「老朽只是直次的友人。」武士大人朗聲說：「老朽居住的官邸，庭園裡那些櫻樹都和老朽一樣高齡，皆須仰賴身輕如燕的直次幫忙照料。」

六藏、阿初和阿好都滿臉納悶。直次微微點頭，代替武士大人解答他們的疑惑。

「這位是南町奉行，根岸肥前守鎮衛大人（註）。」

「所謂的人心……」奉行伸出大大的手掌，在空中畫一個圓。「看似一個整體，實則猶如做工精巧、層層疊疊之物，眾人平日僅使用表面。這般說明，妳能否明白？」

「民女明白。」阿初老老實實地回答。

「然而，機緣巧合下，此一巧物的內部亦能體悟事理。究其緣由，或許是多年嚴苛修行的結果，或許全屬偶然。如此之人，能見他人所不能見，能曉他人所不能曉。」

機緣巧合下——阿初和阿好互望一眼。

這次的事，從阿初看到阿清衣袖上的血跡揭開序幕。不存在的血跡。對此，阿初和阿好都想到可能的因素。

雖然阿好嫂代母職，畢竟是兄長的妻子，阿初難免有些顧慮與客氣。然而，這樣的顧慮與客氣，卻在阿初首度月事來潮時，造成她內心的陰影。

壞就壞在阿初的初潮來得遲了些，阿好沒能及早教導阿初，這是一件值得慶賀的喜事。於是，當阿初第一次遇上這種情況時，受到極大的驚嚇。更不走運的是，阿好碰巧出門，家裡誰都不在。身子不斷流出鮮血，阿初怕得瑟瑟發抖。約莫一個時辰後，阿好終於回來，阿初一見大嫂，便在她懷裡昏了過去。

由於發生過這樣的狀況，阿初第一次看到不存在的血跡時，阿好心如刀割，擔憂不已。

而這樣的感受，男人是無法體會的……姑嫂兩人交換心領神會的眼神。

阿初尋思，倘使一切真如奉行大人所說，想必是初潮那天的經歷，讓我擁有看到幻影的神奇力量。

奉行默默注視著姑嫂二人片刻，平靜地開口：

「世間萬物並非樣樣皆可闡述論理。然而，切莫不可置之不理。奇異之事，仍有奇異之理。有

註：根岸鎮衛（一七三五～一八一五），日本江戶時代武士，歷任勘定奉行、南町奉行。辦公之餘蒐集各地奇譚，耗時三十載著成《耳袋》共十卷。

時如同這次的柏屋一案，真相其實隱藏於不可思議的現象中。阿初，妳說是不是？」

「大人教誨得是。」

「看來，由於某種機緣，使妳擁有奇特的力量。對妳而言，未必全然有益，甚至令人驚恐。想必妳已吃了不少苦頭，不過，這便是擁有神奇力量必須承擔的後果。」

阿初頷首同意。

「這一點，千萬銘記在心。當下一次需要妳發揮這股力量的時刻到來，務必勇敢面對。如何，能夠答應老朽嗎？」

阿初一時猶豫，雙眼低垂，但旋即信誓旦旦地回答：

「民女答應奉行大人。」

「如此甚好。」奉行露出笑容。「老朽得此幫手，堪稱一夫當關，萬夫莫敵。況且，阿初身邊還有個通町的六藏老大，可謂如虎添翼。」

奉行十分滿意。阿初開口問：

「奉行大人，您爲什麼會知道那樣的事？」

「老朽自幼喜歡聽人說話。」奉行回答：「聽得多了，發覺人們喜歡講述光怪陸離的奇譚。老朽爲公務歷任各地，然而，無論到何處，人人都同樣喜歡不可思議的事。於是，老朽起心動念，著手蒐集各地流傳的奇聞怪事。自從奉命赴任江戶，又聽聞不少傳說。關於這些，直次知之甚詳。」

原來如此，阿初總算知道直次口中「有憑有據」的消息來源。

「話說，」奉行的身子往前探，「這些蒐集記述下來的故事，篇幅已累積不少。雖然無意公諸於世，缺少書名總是不便。老朽想了幾個，想聽聽各位意見。」

阿好送上白紙，奉行取出隨身墨盒，提筆揮毫。

紙上盡是艱澀的文字。見阿初面有難色，奉行便又添上二字。

阿初一看，立刻指著右側的文字。

「民女覺得這個比較好。」

「哦，這個嗎？」

「是的，讓人馬上聯想到，這是奉行大人親耳聽聞蒐集而來。」

奉行撫著下巴，略略後仰，仔細端詳那些文字。

「果然不錯，阿初所言有理。那麼，《耳袋》，就選此名！」

「《耳袋》……」其餘三人跟著複誦一遍。

「對，是通靈阿初命名的，挺好的吧？」

騷動之刀

一

南町奉行所巡邏捕快內藤新之助，是個入門贅婿。他生性謹小愼微，從不敢收受賄賂。捕快薪俸微薄，一家老小常得勒緊褲帶度日。雪上加霜的是，新年剛過，岳母卻染上眼翳，必須支出一筆龐大的醫藥費。他一時籌不出錢，只得將隨身佩帶的雙刀中，較短的那柄腰刀送去典當。他叮囑當鋪老闆，十天內他必定贖回，切莫張揚。老闆安慰他，武士抵押佩刀表示正值太平盛世，這種事早已司空見慣，甚至送上一把竹刀供他暫時頂替。新之助欣然接受，佩於腰際，若無其事地值勤。就這樣，距離約定贖回之日的十天過去，二十天過去，三十天也過去了。

然而，又過半個月左右，某處商家受到案件牽連，爲了避免遭官府傳喚耗損金錢和時間，店主塞了些小錢給相關人士，換取免除作證的方便。新之助從中分到一些好處。既然是有錢大家一起賺，新之助也就心安理得。由於這筆意外之財，他想起那柄腰刀。執著的本性驅使他趕忙去贖回屬於自己的佩刀。豈料，當鋪老闆說一不二的性格，比起新之助有過之無不及，早已將那柄腰刀轉賣他人。

「哎，橫豎不是村正，也不是正宗之流的名刀。」老闆事不關己地說：「再買一柄不就得了？」

於是，新之助順利佩著另一柄腰刀回家，總算了卻一樁心事。

然而，事情並未就此落幕。因爲新之助買下的那柄腰刀……

會・說・話。

嚴格來講，是會發出呻吟。每晚子時一到，便會傳來一種像是出自丹田的低哼，聽著無比憂傷，猶如要將潛伏幽暗之處的無主孤魂全喚醒的荒寺古鐘。兩刻鐘一到，呻吟戛然而止。問題是，家人根本嚇得不敢睡。如此持續三天，首先是妻子撐不住了。徹夜沒闔眼的女人尚可趁著白天補眠，可憐的新之助卻只能帶著滿眼血絲，強打精神出勤，但睡眠不足比沒吃飽飯還要令人難以忍受。至於家中妻子也沒好到哪裡去，雖然生活捉襟見肘，畢竟是八丁堀的捕快之妻，要是天天像賣春婦一樣，在太陽高掛的時候呼呼大睡，傳出去實在不好聽。束手無策的新之助找上當鋪老闆，劈頭便是一番責怪。

「捕快大人，您別開玩笑。天底下哪一把刀會說話？眞有那種事，往後乾脆擺個大鍋子，在這裡替我記帳吧。」

老闆說得理直氣壯。新之助算不上機靈，好歹是個捕快，從老闆飄忽的眼神和鷹勾鼻上冒出的汗珠，察覺他早知此刀有異，恰好逮到機會扔出燙手山芋。對方既然裝傻到底，多說也就無益。再繼續囉唆下去，萬一老闆惱羞成怒，到處散播流言，指稱捕快大人根本是膽小鬼，到時候恐怕會得不償失。最後，新之助只好將那柄詭譎的刀插回腰間，垂頭喪氣地打道回府，等待又一個不眠之夜的來臨。

「我看，還是找間合適的寺院送去供養吧。」

「能這麼做當然再好不過。」妻子細眉深鎖，「可是，總得給方丈一筆謝酬。」

阮囊羞澀的新之助雙手交抱，陷入沉思。於是……

二

「於是，他拿來寄放在這裡？」阿初輕輕摸著大哥六藏擺在榻榻米上的刀。「所以，這就是那柄會說話的刀？」

日本橋通町的飯館「姊妹屋」。家主六藏不忙的時候，總是坐在屋裡這間狹窄的內室。不過，身為一個聽差的探子，他其實沒有太多閒暇，飯館的生意全交由妹妹阿初與妻子阿好打理。

「真同情內藤大人，至今佩在腰上的仍是竹刀。」六藏撓撓脖子，轉頭望向弟弟。「依我看，這件事該歸在阿初和你管轄的範圍吧？」

「沒錯，聽起來像是奉行大人會喜歡的故事。」

直次給了大哥這樣的答覆。他抱起胳膊、端詳那柄刀的模樣，與找上六藏哭訴求援的新之助十分相似，唯一不同的是，直次對這類怪事早就習以為常。

「內藤大人知道我們處理過這方面的事嗎？」

「不，他不曉得，只是湊巧找上我罷了。那位大人耿直的個性就像一支木樁，卻也像木樁般不懂變通，因此同儕很不待見他。大概是上回為了大增屋那件案子打過幾次照面，才拿來託我幫忙吧。」

阿初拿起刀，仔仔細細地上下打量。這柄刀看起來並不新，但也沒有太多使用的痕跡，尤其黑繩纏繞的刀柄不見一點磨損。刀鞘上的黑漆未有絲毫斑駁，亦無任何裝飾。儘管做工相當講究，可惜缺乏華貴的英氣，無法令人愛不釋手。

「刀身如何？」六藏詢問阿初，只見她順手拔出刀。「刃紋是直刃。上面有什麼雕花嗎？」

所謂的「刃紋」，是指鍛造刀劍的過程中，進行淬火步驟時形成的不同紋路。有的像波浪，有的像一長串駱駝的駝峰，各異其趣。「直刃」則是幾乎是呈一直線的紋路。

「上面什麼都沒有。」阿初回答。那片銅製的護手也沒有半點雕飾。這柄刀可說是從裡到外都平淡無奇。

事實上，元祿年間（一六八八～一七〇四年）以後，刀具漸漸失去原本的用途，進而被打造成藝術品，以供鑑賞或把玩。愛刀人不再侷限於武士，連富賈之流都不惜豪擲千金，只爲極盡奢華之能事，競相炫耀。不少流傳後世的逸品，不僅刀身鐫有不動明王或玉追龍，護手上的蝴蝶或白頸鴿更是以純金或銅合金鑄造。究其背景，可歸因爲時值太平盛世，直至幕府末年發生的黑船事件，才恢復「刀劍乃是武器」的昔日觀點。不過，眼下江戶仍是一個歌舞昇平的時代。

「眞奇怪，若只打造一柄短腰刀，通常會費更多工夫。」

「該不會有另一位武士大人丟失了這柄刀，現在腰上插的是竹刀吧？」阿好從旁插話。

「刀銘呢？」

「要看刀銘得卸下刀柄，時候不早了，明天再繼續吧？不如今晚先按原樣擺著，聽聽它到底會用怎樣的聲音說話。」直次提議。

「唔，也是。」六藏抬手捏了捏下巴。「內藤大人說，那聲音又大又吵，但具體說的是什麼，實在聽不清。」

「阿初，當心別割傷手。」阿好高聲提醒。只見阿初將手指擱在刀刃上，輕搓幾下。

「大嫂，方便給張紙嗎？」阿初請求道。銀色的刀刃上，隱隱映出阿初白皙的面孔。

接過阿好遞來的白紙對摺，阿初將刀刃朝上插入紙間，略略傾斜握刀的角度，往回勾劃。就算這時候她拿的是孩童用來削竹蜻蜓的小刀，也能輕鬆割開紙張。

沒想到……

白紙居然紋絲不動，僅僅從刀刃上滑行而過，簡直像拿一把裁縫尺來割開紙張。阿初小心翼翼地摁了摁刀刃，結果還是相同。打個比方，這種情形如同手指使勁按在紙門的木框上也不會割傷。

總之，只能靜待這柄刀到了半夜，究竟會說些什麼了。

時序雖然已入春，這一夜仍是狂風大作。滿是木屋的江戶市街，最怕強風引發火災。家家戶戶無不綳緊神經，被窩裡的百姓個個豎起耳朵，仔細聆聽遠方近處是否敲響消防警鐘，誰都無法安穩入睡。

姊妹屋的這一家人，同樣對窗外的風勢有些擔心。然而……

「喂！」

打著盹的六藏陡然坐起。阿好不自覺地攏緊衣襟，不安地挪動坐姿。在她身後倚著房柱的直次，則是屈身向前。

阿初雙手掩嘴，表情彷彿在聆聽某人訴說祕密。

喔喔喔喔喔喔喔嗚——這是他們聽見的聲音。刀，果眞發出呻吟。一聲，再一聲，宛如雨夜裡遠方野狗的吠叫，又像是朝井底聲嘶力竭地呼喚正要踏上黃泉路的故人。即使捂住耳朵，那如泣如訴的哀求仍會從指縫鑽入耳裡。

「這到底是——」

六藏一把抓住阿好的手臂，要她別出聲。

喔喔喔喔喔喔——嗚

豈止兩刻鐘，時間漫長得像是無盡的夜晚。直到最後一聲顫抖的長音結束，腰刀才安靜下來。

狹小的內室變得靜悄悄，屋外的風聲又灌入耳中。大概是什麼地方的紙燈籠被風吹著跑，一陣啪嗒作響，又嚇了阿好一跳。

「阿初……」

直次看向妹妹。阿初嘴唇半啓，一雙鳳眼瞪得老大，彷彿聽聞街坊鄰居的誰和誰相偕私奔的震撼消息。

六藏雙眉緊蹙，抬手往額頭一抹，喘了口粗氣。

「眞的聽不分明……」阿好不禁打了個哆嗦。

「不是的，我聽出來了，說得很清楚！」阿初總算回過神。

「說什麼？」

「它說了一遍又一遍：若能聽懂這段話，快去木下河岸的小咲村，告訴坂內小太郎，虎正在作亂、虎正在作亂……」

三

翌日清晨，直次前往位於奉祀神田明神那座神社下方的當鋪「眞砂屋」。眞砂屋便是內藤新之助被不由分說硬塞了這柄怪刀的當鋪。老闆吉三是個中年男子，面孔又浮又腫，簡直像從水裡打撈上來的死貉子，一副笑裡藏刀的嘴臉。

不同於大哥六藏是在官人底下聽差，直次的本職是植樹工。他也是由此結識了根岸肥前守。植樹可說是一種走遍大城小鎮的行業，什麼地方都去，還會進入屋宅府邸。名聞遐邇的密探組織「庭園隊」亦是淵源於此。就這層意義而言，直次的本業使他順水推舟地接下眼線的工作。

所謂的「眼線」是協助探子辦案的手下。探子雖非公職，仍是一份全職工作，但眼線多半表面上從事其他職業，僅於私底下執行偵察任務。

「今日造訪，是想請教內藤大人腰刀的事。」直次開門見山說道。

吉三依舊裝傻，「內藤大人？我想想。」

直次不讓他拖延時間，解釋自己是幫內藤家種樹的工人，大人託他暗中處理那柄古怪的腰刀。

「內藤大人傷透腦筋。他說，錢不重要，只要那柄腰刀物歸原主就好。我想，這麼做老闆也沒有損失，不知您意下如何？」

吉三那張貉子臉彷彿又腫了一圈。

「是眞的嗎？」他面露疑色。

直次笑著點頭。身形頎長而五官稚氣的他，笑起來令人倍感親切。雖然是親兄弟，面目懾人的六藏根本擠不出這樣的笑容。

吉三不情不願地說出典當腰刀者的身分。那是住在昌平橋旁的湯島橫町，一座大雜院的管租人。

「請問是什麼時候送來的？」

吉三嫌麻煩似地翻查帳本，回答：

「一月三十日吧。」

「那麼，腰刀從當時就會說話嗎？」

「不，那種怪事不久前才開始，大概十天左右。」吉三的語氣很不耐煩。

直次道謝後轉過身，剛要走到門口，忽然想起什麼般停下腳步。

「老闆，您聽得出那柄腰刀在說什麼嗎？」

吉三那顆腦袋搖得像波浪鼓，「一個字也聽不懂。」

直次點點頭，踏出門外。

與此同時，姊妹屋早上已忙過一陣。店裡交由阿好看顧，阿初則回到內室檢視那柄腰刀。

阿初洗淨雙手，解下衣袖上的束帶，端正跪坐，捧起腰刀。她慎重地拔開刀鞘，明媚的陽光灑入房裡，將白刃照得熠熠生輝。阿初當然對武士刀一竅不通，平日握拿的刀具頂多是菜刀和摺疊小刀，但仍可領略到這柄刀的美。儘管並不華麗，卻流露出一種氣派。

（這柄刀做工如此講究，爲什麼卻……？）

昨晚，六藏從阿初手裡接過刀細看，恍然大悟。六藏說，這柄刀根本沒開鋒，難怪連紙都割不開。

「這柄刀並不是鈍了才割不開紙，而是刻意讓它無法割紙。」

六藏卸下刀柄，裡面那截刀身露了出來，刻著刀銘如下：

「安永七年（註）二月吉日」

翻到背面，只有「國信」二字。簡潔俐落。從刀銘上只能得知，這是約莫二十年前，一位名爲國信的刀匠親手鍛造的腰刀。

（這柄刀爲何會……？）

究竟爲什麼要央託帶話給下野國小咲村的坂內小太郎？而且，還是什麼「虎正在作亂」這種莫名其妙的話。

阿初把刀收回鞘內，暗自琢磨。從阿初講起話有條有理、操持店務迅捷俐落的模樣看來，旁人或許會以爲她是個大姑娘，其實她才芳齡十六。倘若這個小姑娘沒握著有些殺風景的腰刀，光看那低頭沉思的神情，恐怕會以爲她是爲情所苦。

（虎正在作亂……）

註：西元一七七八年，時值幕府第十代將軍德川家治執政。

從遙遠的過去一直到現在，日本根本沒有老虎，頂多出現在屛風圖或描金畫裡。這又不是什麼具有禪機深意的寓言故事，怎麼可能畫裡的老虎會衝出來到處作亂？

（更何況……）

「若能聽懂這段話」——阿初十分介意這句話。目前爲止，除了阿初以外，沒有其他人聽得懂這柄刀說的話。這令她感到身負重任。

阿初陷入苦思，背對緣廊而坐，因此，當她注意到外頭的嘈雜聲時，一陣急亂的奔跑聲伴隨著高昂的咆哮已迫在眼前。

「阿初！」阿好放聲尖叫，匆匆跑來。阿初嚇得回頭，恰好撞見一名從院子赤足衝入內室的男子，她登時倒吸一口涼氣。

男子貌似十七、八歲，胸前的衣襟敞開，髮髻蓬亂，嘴邊掛著白沫。倉促一瞥，阿初只看到這些，等到她驚覺男子右手緊握著沾有黏稠鮮血的匕首時，對方已如野獸般縱聲嚎叫，迎面撲來。

接下來發生的事，阿初已記不清先後順序。她只是倏然想起擱在膝上的那柄出鞘的刀。雖然從未學過刀法，她右手卻牢牢握住刀柄，閃耀的白刃在空中劃出一道光弧，擋下攻擊並順勢揮開，匕首應聲被劈成兩截。

追趕而來的人們如雪崩般爭相擠進內室，映入他們眼中的是依然端坐、手持腰刀的阿初。只見她愣愣張著嘴，握著僅餘半截匕首的狼狽男子呆立在原地。男子在眾人面前雙腿一軟，隨即癱倒。

阿初舉起腰刀，半晌後才低喃著：

「居然砍斷了……？」

昌平橋那座大雜院的管租人，說好聽點是精明能幹，說得不好聽是冷酷無情。當直次從這個大叔口中聽到那柄腰刀送去當鋪的緣由，不禁一怔。

「也就是說，你拿典當的錢來補貼欠租？」

腰刀的主人，是今年初還住在這座大雜院的野島治憲與美佐緒夫婦。治憲是流浪武士。夫妻倆如今皆已蒙難喪命。

治憲原本是西邊某個小諸侯的貼身侍從，約莫五年前，因故被懷疑盜用公款，在反抗捉捕時揮刀砍人，爲了躲避追緝而逃至江戶。妻子美佐緒跟隨丈夫亡命天涯。夫妻倆落腳此處後，曾度過一段安穩的日子，無奈一個月前，終究被查到行蹤。治憲最後死狀悽慘，美佐緒也一同殞命。

「據說，盜用一事是被冤枉的。野島先生是個相當正直的人，不過，一碼歸一碼，房租沒繳就死了，我挺困擾的，所以將他們留下的家具雜物統統送去當鋪。」

「連武士之魂的腰刀都拿去典當，未免說不過去吧？」

管租人哼一聲，「我還不至於那麼下流，送去當鋪的是太太的刀。」

「可是，那是腰刀，並不是懷刀。」

「那位美佐緒太太不是出身武士家族的千金，而是刀匠的女兒。大概是這個緣故，從娘家帶來一柄腰刀。她提過自己的出身，我滿心以為既然是陪嫁之物，想必價值不斐，誰知道居然當不到幾枚銀子。」

世上竟有如此貪財的人，直次實在訝異。問完話，他便向管租人告辭離開。

（原來這腰刀是刀匠交給女兒的……）

直次帶著疑問折返姊妹屋，恰恰碰上那場混亂。

衝進姊妹屋的年輕男子，是個惡名昭彰的遊手好閒之徒。手頭上的銀兩花光，闖入姊妹屋附近的錢鋪搶劫未果，被追趕得無路可逃，於是躲進姊妹屋。據說，他襲擊阿初，是打算押著人質爭取時間逃離。六藏接到消息，旋即飛奔回來。一家人慶幸妹妹毫髮無傷後，阿初描述起那柄腰刀的神奇力量。

「**是護身刀**。」

聽完阿初的話，直次如此說道。六藏點頭同意，「沒錯，我也聽過這樣的傳說。」

所謂的護身刀，是只在需要護衛性命時才會顯露刃鋒的刀。通常是給力氣小的婦女和孩童帶在身上，預防遭受武器攻擊，或避免在平日不慎造成傷亡。不過，相傳唯有被譽爲大師的刀匠，窮盡畢生心血才能造出這樣的刀。

「我什麼都沒做，也什麼都做不到，是那柄刀自己動起來，在千鈞一髮之際救了我。」

「這恐怕是顆燙手山芋。」六藏說道：「直次，總之你先去一趟木下河岸的小咲村，趕緊找出那個叫坂內小太郎的人。」

阿初和那柄怪刀一起留在江戶。這一夜，腰刀同樣發出呻吟。那聲音聽來益發急切，阿初更是憂心如焚。

（告訴我，你究竟想說什麼？）

阿初凝視著腰刀詢問。

（坂內小太郎到底是什麼人？虎又是在什麼地方作亂？）

刀，依然緘默無語。

然而，翌日發生天大的案件，使得姊妹屋一家人暫時將腰刀的事拋到腦後。

通町三丁目的雜糧盤商「遠州屋」，慘遭滅門。

四

遠州屋的門面不大，店寬不到十二尺，但在這一帶擁有許多地產，靠著收租與踏實的經商，成爲通町無人不曉的富商。因此，當六藏接獲通知時，腦中第一個浮現的推測便是搶劫殺人。遠州屋住著一對年近六旬的夫婦，及正値妙齡的獨生女。假如是帶刀的賊盜闖入屋裡，一家三口根本無力抵抗。六藏對此掛心已久，常勸店主盡早爲閨女挑個乘龍快婿。就在前些時候，終於決定人選，一家人歡天喜地準備辦婚事，不料竟發生這樣的悲劇。

那一天，平素早起的遠州屋一家人，直到路上行人來去匆忙的時刻，連擋雨板都還沒打開。隔壁糖豆鋪老闆覺得奇怪，進去探看，才發現大事不妙。這個老闆年事已高卻頗有膽識，並未大聲嚷嚷，而是馬上差遣伙計去警備所報案，自己留在現場看顧。饒是如此，等到六藏趕來，老闆仍嚇得面如死灰。

「後門上了栓嗎？」六藏問老闆。

「回大人的話，牢牢栓住了。八兵衛兄生性謹愼，格外留意出入的安全。這一點，大人應該也很清楚。」

六藏嚴肅地點點頭。「所以，是你拿柴刀劈開木門？」

「是。我呼喊好幾聲，又敲好幾次門，裡頭都沒人回話。從來沒遇過這種情形，所以明知有些過火，我還是把門劈了開。」

甜豆鋪老闆踏進屋裡，先是看到收拾得乾淨清潔的廚房、靜悄悄的緣廊，然後是內室隱約亮著的紙罩燈。耀眼的晨光從背後射進屋裡。他深知節儉的遠州屋八兵衛，不可能在這麼明亮的屋子裡還點著紙罩燈沒熄火。這一刻，那隱約的燈光已告訴他屋裡發生不祥之事。

老闆哆嗦著膝行向前，喊著八兵衛與其妻女的名字，一邊靠近內室。接著，他目睹這輩子永遠忘不了的一幕。八兵衛的頭顱滾落在內室的門檻上，瞪著再也看不見的眼睛望向老闆。再過去是他太太和女兒令人慘不忍睹的屍體，倚著木格窗往側旁倒下。老闆感覺腳底黏糊糊的，原來是大量鮮血滲入榻榻米。八兵衛的軀幹，則在距離頭顱稍遠處的壁龕，呈大字形仰躺。

不久，負責凶殺案的官差趕到現場，著手仔細調查。六藏的推測落空，初步判斷，這應該不是一樁搶劫殺人案。因爲門窗全都緊閉，屋內物品也沒有被翻動的跡象。

「這就怪了。」六藏喃喃自語。

並未找到外人入侵的痕跡。三合土上甚至留有笤帚掃過的紋路，鞋履亦是擺放整齊，當然更沒有其他人的腳印。內室的被褥鋪妥，太太和女兒已換上睡衣。吸滿血的棉被上有刀刃刺穿的裂洞，皆與母女身上的傷痕一致，而且兩人在負傷後，胳臂和手背都沒有抵抗的傷痕。由此可見是躺臥時遭到襲擊，她們驚恐萬分地從被窩裡拚命爬到窗邊後斷了氣。

相反地，只有八兵衛仍穿著外出服。除了身首異處以外，沒有別的傷口。

「看起來，像是拉妻女和他同歸於盡。」

假如六藏不認識八兵衛，應該會立刻得出這個結論。可是，前天碰面時，八兵衛還口沫橫飛地談著女兒的婚禮，從那歡喜的表情上，根本看不出有此打算。

另外，最匪夷所思的一點，就是遍尋全屋也找不到凶刀。從菜刀到裁縫剪刀都仔細查過，皆未沾染血汙、人脂油漬，刀刃上也沒有砍過硬物的缺損。

「老闆，你進屋的時候，八兵衛手上有沒有握著任何東西？」

甜豆鋪老闆搖頭，「什麼都沒看到。」

八兵衛究竟發生什麼事——目送三具屍體被放在門板上運出去，六藏一遍遍問著自己。怎會這樣？

八兵衛仰躺在門板上，右手露出覆蓋的草蓆。五根手指彷彿緊緊握過東西，朝內彎曲……

這時候，無事可做的阿初又盯著那柄詭譎的腰刀。她坐立難安，即使到店裡工作也心不在焉，只要手邊沒活便怔怔望著腰刀。

自從今年春天初次來潮，阿初莫名擁有神奇的力量。此後，她能見他人所不能見，能曉他人所不能曉。奉行大人說，人的靈魂原本如同套匣般層層封閉，阿初的靈魂卻像開了光……

阿初嘆一口氣。

（難道不能教人好懂些嗎？如果眞要我看見那些影像，倒不如讓我徹底看清楚。）

這個念頭剛湧現，她旋即渾身發毛。當眞變成那樣，如何在這世間活下去？她才不要。

阿初伸手摸摸腰刀，接著拔刀出鞘。單是今天，她已數不清拔出來看過多少遍。

銀色的刀身。隨著轉動的角度，光線的折射跟著改變。阿初看得入迷，宛如欣賞一疋嶄新的綢緞。

就在這一剎那——

刀身折射的光線中，似乎有什麼一閃而過。阿初定睛細看，卻是空無一物。

（咦……？）

又掠過一次。她心頭一凜，是人影。不，是人！一個年紀與六藏相仿的男人連走帶跑，左右張望。眼神陰險狡猾，右邊嘴角有一道向上歪斜的疤痕，似乎是燒傷。懷裡揣著一件東西——紫色綢布包——不對，是刀！是這柄腰刀嗎？不不不，雖然肖似，但並不是這一柄。因爲、因爲……靈光一閃，阿初豁然開朗。

（那柄刀缺了護手！）

阿初渾身一顫，回過神來。剛才看到的是幻影……

她戰戰兢兢地再次偷覷，刀上僅泛冷光。怪刀只讓阿初目睹一次幻影。

可是……阿初將刀收回鞘內，思索著方才看到的男人，以及那柄刀。說不定，兩者都和手中這柄腰刀吶喊的「虎」有某種關聯。心中那股難以形容的不祥預感，令她背脊發涼。那個男人究竟是誰？阿初將幻影中的男人相貌牢記在腦海，等一下見到六藏大哥時得告訴他。

還有，那柄缺了護手的刀。

男人將那柄刀揣在懷裡的樣子，看起來真像抱著一尾蛇。

五

木下河岸位於利根川的中段，是下總國與常陸國捕撈漁獲後，運往江戶的重要據點。不僅如此，這裡亦是以名爲「茶船」的接駁船，載送香客前往香取、鹿島、息栖等三間神社參拜的熱鬧碼頭。

直次去過「眞砂屋」當鋪後，當晚即由江戶啓程，循著江戶川流往利根川的水路，於翌日抵達此地。櫛比鱗次的驛亭，往來河面的高瀨舟。挑夫朝剛自銚子抵達的船隻一擁而上，吆喝著扛出一箱箱貨物。

那柄腰刀的呻吟聲，告知「木下河岸的小咲村」。可是，木下河岸本身位於印旛郡竹袋村內。直次心想，天天接待香客的茶店老闆應該熟悉這一帶的地理環境，決定找一個來問問。

「小咲村得往更北邊走。」

「大約需要多久的腳程？」

直次望著北邊山岳上，陡峭的小路蜿蜒隱沒於森林間，開口問道。

「這位客官，得翻過一座山，恐怕要走到太陽下山嘍。」

茶店老闆語帶懷疑，不明白爲何有人要去那種地方。

「我要去找人。」

直次也說出要找的人名。如果走運，這個「坂內小太郎」是地方上無人不曉的俠客，就能省去不少麻煩，可惜事與願違。

「坂內小太郎？」老闆喃喃複誦一遍，搖搖頭。「沒聽過。小咲村那裡住的，都是些從事砍柴和燒煤的人。」

無可奈何，直次只好爬上山路。

茶店老闆沒說錯。等到他好不容易走出蒽鬱的森林，總算望見一片狹小的墾地上，零星搭著幾間木板覆頂的窩棚時，太陽已快要下山。直次累得停下腳步，不禁吁一口氣。這一路崎嶇難行，簡直像走在獸徑上，連一個和他擦肩而過的人都沒有。唯有看不見的野鳥在頭頂上和森林某處吱吱喳喳的叫聲，還有不時飛來糾纏的有翅昆蟲一路相隨，他幾乎要懷疑是否眞有這個村落。

淡淡煙霧瀰漫四周，應該是附近有燒製木炭的棚子吧。這表示有人住在此處，他精神一振，繼續趕路。右邊傳來水聲，不久，覆頂木板上壓著石塊、彷彿被那些石塊的重量壓得歪斜的窩棚，映入他的眼中。這時他才發現，腳下的步道開始鋪有圓木段，稍稍好走了一些。

當直次踏上最後一階圓木段，來到一片平地時，有個女子從剛才看到的窩棚裡走出來。她揹著還在吃奶的孩子，頭髮隨意綁在頸後。察覺有人站在不遠處，她轉頭望向直次，目光戒備宛如野貓。

這裡是小咲村嗎?直次詢問。對方沒有回答，於是他又問了一次。

「你是誰?」

「我是從江戶來的。」直次盡量展現善意，「有點事要辦，想來找個人。」

對方流露警戒的眼神，上上下下打量著他。

「你要找人？」半晌，她終於開口。

「是啊。太太，只有妳在嗎？先生呢？」

「男人都在山上。」女子隨即發覺說錯話，斂起下巴正色道：「可是，他們待會就回來了。」

她又強調一次，「一大群男人！」

直次無奈地笑了。看來，他被當成可疑人物。

「這樣啊。那麼，可以告訴我一件事嗎？那些男人裡，有沒有名叫小太郎的？」

女子透著懷疑的眉頭一皺，「小太郎？」

「對，小太郎，叫坂內小太郎的男人。」

女子斜眼看著直次，不久，那視線轉為明晃晃的敵意，女子叫嚷起來：

「你到底是誰？來做什麼？」

「我來找一個名叫坂內小太郎的男人。」直次盡量保持平靜。

「坂內小太郎？笑死人了！誰會相信你大老遠從江戶來，找什麼坂內小太郎？快說實話，到底來做什麼？」

這樣下去會沒完沒了，直次換一個問法：「村長呢？」女子沒有回答，但以眼神示意窩棚的另一邊。直次循著她的視線望去，不遠處有一幢屋子，周圍空無一物。外觀比窩棚像樣許多，至少稱得上是房屋。直次朝那幢屋子邁開步伐，背後仍能感覺到女子令人不舒服的視線久久盯著不放。

半個時辰後，直次再度踏上山路，幸好這次能清楚看到目的地。村長告訴他，只要去那裡就可以見到坂內小太郎。那是在村落後方大山的接近山頂處，一座與姊妹屋的內室一般大的孤伶伶小墳。

「你來找坂內小太郎……」面對直次的詢問，村長若有所思地頻頻點頭。

「您知道這個人嗎？」

村長又兀自點頭。半晌，彷彿想起眼前站了個人，向直次使勁頷首。

「知道、知道！國信先生交代，遲早有人會來找……」

「國信？」那是鐫刻在那柄怪刀上的刀匠姓名。

「約莫是前年冬天，有個男人迷路，來到這座村落。他一把年紀，又病得重，我留他下來照料，最後在家裡替他送終。」

「那位國信先生，是不是刀匠？」

村長大驚。「沒錯，他原本是攝津人，技藝高超，深受藩主賞賜……不過，你怎會知道？連我也是在他臨終前，才聽他說的。」

心知壽命將盡的國信喚來村長，感謝他細心照顧，接著說出一段令人驚訝的故事。

「……國信是攝津國相當有名的刀匠，十二歲拜師學藝。他有個大一歲的師兄名叫國廣，在眾多徒弟中，以他們最爲出類拔萃。兩人互相競爭，彼此砥礪。」

貞享年間（一六八四～一六八八年），攝津國有位知名的刀匠叫國輝，堪稱大坂刀匠界的最高權威，日後甚至榮任伊勢守。國信的師傅屬於國輝的流派，不過，作品風格並未沿襲師尊，刃紋多爲直刃，擅長鍛造腰刀與扁峰腰刀。國廣與國信承襲此種鍛造風格，兩人比親兄弟還要親密。可是，國信曾以這句話評價師兄和自己的技藝：

「我的手是粗石，國廣的手是美玉。」

國信深信粗石有朝一日也會變成美玉，並抱持此一信念，努力修業不懈。

至於生而爲玉的國廣，仍不停精進與生俱來的才華。他像老練的旅者，雖然頻頻回首探看腳力欠佳的旅伴，但並未減緩速度，依舊朝著目標快步前進。然而……

「據說，國信與國廣成年後，愛上同一個姑娘。」

那個姑娘是師傅的獨生女佳代。她與國信同齡，是城腳下街坊間出名的美人胚子。

「鍛刀的訓練相當嚴格，生活枯燥乏味，學徒不能像一般小伙子那樣，和鎮上的姑娘享受青春。正因如此，一旦有了意中人，那份情感會多麼強烈，年輕人，你應該可以想像吧？」村長看著直次，嘴角微微流露笑意，隨即恢復嚴肅的表情。「至於這段三角戀情中，那個姑娘最後情歸何處，便是關鍵所在。佳代選擇國信為終身伴侶，她的父親，也就是國信的師傅也同意，公開宣布國信是他的繼承人。」

村長描述，國信臨終前躺在病榻上，講到這一段過程時，消瘦的面頰露出難得的笑容。

「……佳代選擇我的時候，我高興得發暈，腦袋一片空白，實在不明白為什麼佳代會選中我，簡直太不可思議。不管是誰，都會這麼想吧？於是，我詢問佳代選擇粗石而不是美玉的理由。」

佳代給了這樣的答覆：「我很害怕國廣，不論是他的人，或他鍛造的刀。凡是他親手打造的刀，即使收在刀鞘裡，也猶如出鞘的白刃冷冰冰的。」

佳代的父親，亦即師傅，也對國信說過相似的話。

「國廣鍛造的刀的確有靈魂、有意志，卻缺乏最重要的慈悲。縱使國廣的刀再美麗、再銳利，一旦缺了這一樣，便沒有存在於世上的價值。」

對於這個可說是大出意料之外的結果，國廣表面上並不怎麼沮喪，實際上卻像是有種看不見的病根在他體內蔓延開來，內心一點一滴逐漸崩解，當最後一道防線潰堤，如同土石流般足以沖毀一切的破壞力便噴發而出。

「粗石即使出現裂痕，仍是塊粗石。可是，美玉一旦有了裂痕，就再也無法稱為美玉。」國信如此告訴村長。

事情發生在國信與佳代舉行婚禮的那一晚。新郎新娘終於完成冗長的交杯酒儀式，國廣拎著親手鍛造的腰刀，踏進會場。

「聽說他砍殺五個人。」村長語氣沉重，「師傅、新娘，還有幫忙國廣一起鍛造那柄腰刀的三名師弟。死裡逃生的只有新娘佳代，但她的右頰留下一輩子無法消除的刀疤。」

發狂的國廣從慘案現場逃往城腳下。接到消息的眾家男丁緊追在後，一路追到城外的河邊，終於將他重重包圍。天空下著瓢潑大雨，國廣的背後是陰暗的河面，毫無血色的臉上唯獨眸光凌厲。他高舉那柄沾滿被害者血汙與脂油的腰刀，縱聲咆哮。其實，他是朝著與其他男丁一同趕到的國信咆哮。

「聽好，牢牢記住，即使我死了，這柄刀仍會繼續留在世上，給容不下我的這世間的每一個人……每一個像我這樣的人帶來災禍，血流成河。從這一刻起，我會用這雙眼睛仔細看著一切，你儘管留在世上受折磨吧！」

說完這段詛咒，國廣猛然將右手的刀舉上肩頭，如獸牙般白森森的尖銳刀刃架在頸間，大笑一聲，親手斬下自己的首級。分成兩截的頭顱與軀幹，及右掌緊握的腰刀，齊齊往後落入河裡，直到此刻，他最後的笑聲依然繚繞不去。在場的全是彪形大漢，但個個看得腳底發涼。

「後來去河裡打撈，找到死不瞑目的國廣頭顱和軀幹。可是，國廣用的那柄腰刀，卻怎麼找都找不到。」

慘案發生後，國信並未放棄鍛刀的工作。又過了一年，女兒美佐緒出生，可惜佳代產後沒坐好月子，芳齡二十一就香消玉殞。服喪期間，城腳下這一帶發生奇怪的砍殺案——毫無關係的三個人陸續慘死街頭，身上値錢的物件都在。不久，凶手遭到逮捕，是一座武士府邸的僕役長，並且證實使用的凶刀，就是國廣的那柄腰刀。問題是，那名僕役長究竟是透過什麼方式取得那柄腰刀，詳情不得而知，因爲落網沒多久他就發瘋了。

然而，更不可思議的是，應該被沒收的那柄腰刀，不久後竟消失無蹤。

「透過這件事，國信領悟國廣臨死前那番話的意思。他深知那個詛咒有多麼可怕，決心要將剩餘的人生用於阻止國廣繼續危害世間。」

爲此，國信首先耗費近半年的光陰，鍛造出一柄腰刀。這項作業堪稱嘔心瀝血，當他捧著新刀再度現身時，瘦得像個餓死鬼，唯有目光炯炯如炬。不過，他眼中的光芒和發狂的國廣全然不同。

「它將成爲這孩子的護身刀，並且，這孩子也會守護這柄刀。」國信如此告訴代爲照料還在喝奶的美佐緒的遠房親戚。

「以我目前的能力，只能做到護身而已。不過，請幫我告訴這個孩子：這柄刀能夠保護妳免受國廣陰魂的侵擾，所以妳要將這柄刀留在世上，守護其他人。只要妳和刀都在，總有一天，我將找出不僅能夠護身、還能破解國廣詛咒的方法。到了那時候，想必這柄刀能助我一臂之力……是幫我這個只有粗石般技藝、力有未逮的刀匠，一同擊退陰魂的得力助手！」

野島美佐緒，原來是鍛造出那柄怪刀的刀匠之女。

「於是，國信告別女兒，踏上未知的修業之旅。他耗費二十年歲月，終於找到封印國廣那柄詛咒之刀的方法。當時，國信已年過半百。」

「什麼方法？國信生前交代了嗎？」

村長緩緩點頭。「就是坂內小太郎。小太郎知道那個方法，所以他才說，遲早有人會來找……」

「小太郎在哪裡？是怎樣的人？」

「不在村裡……入夜以後，總是守在國信的墳邊。至於詳情，你親眼看到就知道。」

因此，直次來到這寂寥的墳地。由於接近山頂，樹木低矮，細長的枝椏幾乎快探到地面。若是白天來看，應該能欣賞到美麗的春日嫩綠，但只靠燈籠的微光摸索上山的夜路，這些沿途拂面撩手的枝葉實在礙事。

國信的墳，只是壘起幾顆圓石、聊備一格的簡陋墓塚。墳前有一個缺了角的碗，在黑夜中仍顯得純白。

當直次踏出最後一步，腳下似乎有什麼東西被踩斷。大概是枯枝。就在那微弱的斷折聲即將消失之際，他察覺國信的墓石旁有某物霍然起身。

這是一個新月之夜。滿天的星辰雖然美麗，卻不足以照亮直次的腳邊。他放低燈籠，幾乎要擦到地面。籠罩四周的黑暗深濃，連肌膚都感覺得到。

「是坂內小太郎嗎？」直次朝黑暗深處問：「我是從江戶來找你的人。關於你的主人國信交付的任務，我們需要你的力量。」

黑暗中仍是一片闃靜。

「小太郎，你聽見了嗎？國信鍛造的腰刀正在呼喚你，並且託我帶話『虎正在作亂』。」

一個悄悄的、十分輕柔的，踏著泥土而行的腳步聲來到身邊，直次提起燈籠。

只見佇立在微弱黃色光暈中的，是一隻狗。

六

直次終於找到坂內小太郎，同一時間的江戶……

遠州屋這樁疑案經過多方研判，唯一的解釋只有店主八兵衛以某種凶器砍殺妻女，最後親手斬斷自己的首級。

六藏以手刀試過各種角度，檢證能否親手砍下自己的腦袋。得出的結論是，如果把刀架在肩上自刎，的確辦得到。

負責凶殺案的官差從傷口的狀態判斷，凶器應該是較長的刀或者相似的利刃，而非菜刀或短刀之類的刀具。可是，遠州屋裡根本找不到那樣的刀。

幾天後，掌握這些訊息的六藏，去見了遠州屋相關人士中唯一的倖存者，即亡故女兒阿夏的未婚夫婿達吉。這個年輕人虛歲二十四，是通町一家蕎麥麵老鋪的次男。兩家店的老闆頗有交情，阿夏和達吉亦是青梅竹馬。自從懂事，達吉便對阿夏十分傾心。

因此，案發後他悲痛欲絕。眼看著心愛的姑娘即將進門，誰想得到竟被她父親親手斷送性命。

當六藏前去造訪，只見屋裡癱坐著一個失魂落魄的男子，呼喚名字也沒回應。店裡的人說，達吉接到噩耗時完全崩潰。替他到遠州屋查看的人證實消息無誤，從那一刻起，他便神情恍惚，一直癱軟地坐在那裡。

六藏瞅著他好一會，霍地起身舀一大杓水，往達吉的頭頂嘩啦啦地澆下。

達吉縮起脖子，瞪著眼正要站起，六藏卻雙手一推，要他坐下。

「喂，聽好！」六藏大聲喝斥：「如果你心裡還有阿夏，就別再像不懂事的小鬼一樣耍脾氣。究竟是哪個傢伙幹了這等傷天害理之事，眼下只有你能提供線索。假如想通這個道理，接下來就一五一十回答我的問題，聽懂沒？」

達吉下巴滴著水，怒目斜睨六藏。忽然間，他嘴一癟，抽噎著哭起來。

「哎，我明白你有多傷心。」六藏的語氣稍稍和緩，「不過，我的話絕無半點虛假。我需要你的幫忙，才能爲阿夏報仇。」

「可是……阿夏不是死在她爹手裡嗎？」達吉斷斷續續地說：「官差大人研判，應該是老大爺帶走妻女的。您說要報仇，還能找誰討回公道？」

六藏蹲下身，雙眼直視達吉。「沒錯，我也認爲是八兵衛殺害妻子和女兒，最後引頸自刎。不過，達吉，你應該想不通，爲什麼遠州屋店主會做出這種事吧？」

達吉眨了眨眼睛。

「當然想不通啊！」達吉的眼神終於不再空洞，「我根本百思不得其解，可是，官差大人卻說『肯定是八兵衛下的手』……而且、而且──」

「而且什麼？」

「算起來是十幾年前的事了，老大爺一度經商不順，欠下不少債，曾打算帶全家一起走上黃泉路。」

遠州屋並非一開始就如此富裕。六藏知道遠州屋曾經歷一段搖搖欲墜、岌岌可危的日子。

「老大爺說，當時望著睡得香甜的阿夏，終於打消念頭。他非常慶幸自己打消尋死的念頭，如今才能親眼看到阿夏成為新娘。老大爺一喝醉就會流淚，可是那天不單是喝醉的緣故，他十分感慨地眼泛淚光，告訴我這段過往，所以……」達吉抬起手臂抹去淚水，「老大爺總把事情往心裡擱，搞不好又遇上我不知道的難題，一時失去理智，才會做出那種事……」

六藏那線條剛毅的下巴，堅定地左右擺動。「為什麼要把這種事悶在心裡？我相信不管遇到任何事，像他那樣疼愛女兒的父親，絕不會讓女兒陪死。難道你想起什麼可疑的狀況，會將遠州屋店主逼上絕路嗎？」

「沒有。」達吉答道。

「那麼，你在遠州屋看過武士刀、腰刀，或是類似的刀具嗎？」

達吉搖搖頭。「這樣啊……」六藏側著頭思索。沉默一會，達吉忽然略顯納悶地說：「不過……阿夏曾告訴我，她爹那兩天晚上像是被惡夢魘住，她很擔心……」

「那是什麼時候的事？」

「老大爺去砂村弔唁回來的一、兩天後，算起來差不多是十天前。」

「去砂村弔唁？」

「是的。前陣子下大雨，那邊不是河川潰堤，導致洪水氾濫嗎？老大爺有個朋友在那場水災中過世——啊，對了！」達吉陡然坐直，「之後，砂村有人來找老大爺，似乎和刀還是什麼的有關……」

達吉描述對方年約四十，衣著得體，但那陰險狡猾的目光讓人覺得不太舒服。

「那傢伙嘴角曾燒傷，朝上歪斜，可能是這道傷疤使他講話的腔調有些奇怪。他在店鋪後門和老大爺起了口角，似乎說著『你帶走一柄缺了護手的腰刀也沒用處吧……』。沒錯，他就是這麼說的。最後，他被老大爺趕回去。我問老大爺那是什麼人，老大爺只說是個無關緊要的舊貨商……」

六藏帶著從達吉那裡獲知的消息，趕回甜豆鋪。看來，遠州屋裡應該有一柄缺了護手的腰刀，現在卻不見蹤影。不僅如此，從八兵衛的手指姿勢判斷，顯然臨死前握著某件東西。刀沒長腳，不會自己走掉，由此可見，在警備所的官差趕到之前，獨自待在現場的甜豆鋪老闆嫌疑最大。俗話說得好，人不可貌相。六藏咬緊牙關，暗自決定，非逼他吐出實話不可。

沒想到，甜豆鋪老闆一見到凶顏怒目的六藏折返，不待嚴詞逼供就全招了。甚至可形容他是望眼欲穿地等著別人來問這件事，還一副驚魂未定的模樣。

「我也不懂爲什麼白天會向大人撒謊，眞的壓根沒打算欺騙您。那時候和您說話的彷彿不是我，而是其他人。我像是待在一旁，聽著雙方對話。」

八兵衛去砂村弔唁的那一天，甜豆鋪老闆恰巧看到他揣著一柄古怪的、缺了護手的腰刀回來。老闆問那是什麼玩意？八兵衛說不曉得爲什麼，一看到這柄刀就愛不釋手，還拜託老闆別讓他家的人知道，否則耳根子又會不得清靜。雖然覺得八兵衛的舉動相當反常，甜豆鋪老闆仍是答應了。經過兩、三天，有個男子來找八兵衛，八兵衛將他趕走，但幾天後那人又出現，而且臨走前向甜豆鋪老闆打了招呼，自稱是砂村的舊貨商。「假如八兵衛先生改變心意，想賣掉那柄腰刀，麻煩老闆馬上知會我一聲」，男子留下這些話便離開。

「所以，看到死去的八兵衛手中握著那柄刀，你立刻把刀藏起來？」

六藏問完，老闆不禁打了個寒顫。

「剛踏進屋裡，我也慌了手腳，根本沒想起那個舊貨商的請託，是眞的！可是，那柄腰刀……」甜豆鋪老闆像要抱著頭，將雙手舉到耳邊：「在我耳朵裡說話了！它說，要我幫忙逃走，把它藏起來……那聲音比我年輕時經過私娼寮前，聽到的攬客聲更有魅力。」

於是，他藏起那柄腰刀。那個舊貨商隨即趕來，收購並帶走刀。當然，對方再三交代必須保密。

「那傢伙的嘴角，有一道歪斜向上的傷疤吧？」

老闆點點頭。

「他付你多少錢？」

「二十兩。」

在這個時代，偷竊十兩就會被砍頭。

「那是砂村一家叫『井筒屋』的店。」

羞愧難當的老闆一吐出這句話，六藏旋即衝出門外。

六藏沒有回來的這一晚，阿初一個人看家。阿好也不在。她娘家有喜事，趕回去幫忙，今晚會住那邊。

阿初手肘撐在火盆邊上，托著腮幫子發呆。

幻影中的那個男人，和那柄缺了護手的刀。

（這柄腰刀爲什麼會映出那一幕景象……還有，那柄缺了護手的刀，除了護手以外，和這柄怪刀看起來完全一樣。）

簡直像從一開始就是成對的腰刀。

（可是，這麼一想……）

阿初抬起頭，歪著頭思索。

（到底爲什麼刀要裝上護手？）

出身武士門第的夫人攜帶的懷刀沒有護手，匕首也是。既然如此，表示護手並非刀具的必備之物。可是，武士刀和腰刀卻必定有護手，而且……

（不知爲何，沒裝上護手的這兩種刀，看起來好可怕，教人渾身發毛……）

就在這時候，不曉得從哪裡傳來「喀」一聲。阿初以爲是六藏回來，探頭望向大門。

「六藏大哥？」

無人回應。

又一次「喀」，然後是「啷」一聲。

原本跪坐的阿初慢慢側身伸出腿，留意著家中的動靜。

「喀」。

紙罩燈周圍散發著一圈光，照不到光線的房間角落和緣廊底端，這些邊邊角角的地方都是黑漆漆的。獨自一人在家，彷彿也有一抹黑暗在體內逐漸蔓延開來。

「是六藏大哥？還是大嫂回來了呢？」

阿初怯怯起身，背後突然有東西朝她劈落。她嚇得叫不出聲，回頭一看，那柄腰刀原本擺在六藏座位後方那聊備一格的壁龕裡，現下卻莫名倒向她這邊。阿初故意長長吐出一口氣，伸手拾起刀。霎時……

腰刀在阿初手裡逐漸變重，重得令她詫異。阿初幾乎快要承受不住，於是她的手擅自下令絕不能讓刀掉下去，而這項決定並非出自她的意志。於是，她的右手緊緊抓住刀柄，左手牢牢握住刀鞘，微微顫抖。

（怎會這樣……它想要我做什麼？）

阿初的雙手分別朝左右移動，緩緩拔刀出鞘，耀眼的白刃出現。一道亮光沿著刀身的曲度竄向刀尖，散發璀璨的光芒。接著，一臉茫然的阿初，眼睜睜地目睹刀刃漸漸開鋒。

（啊，我知道了，是小太郎遇上不測！）

閃電般的直覺，使得阿初恍然大悟。宛如從初始就知道的一個明確意念，掠過她的腦海。那種感覺像是閱讀一段寫好的文字。

阿初停止抗拒，手不再顫抖。阿初手中的刀彷彿總算得到期盼已久的回應，漸漸變輕。猶如薄紙一張又一張抽離，一點一滴地變輕。只有空殼留在這裡，魂魄飛向遠方，飛往它必須守護的人的身旁。

阿初將閃耀白光的刀身貼在額頭上，靜靜等候。

夜裡的山路，形同一座黑黝黝的迷宮。直次讓小太郎先走一步，盡快循著錯綜複雜的小徑折返。

小太郎順理成章地走在直次的前面，熟門熟路地領他下山。直次緊跟在後，透過燈籠昏黃的光線，看著小太郎背上銀光閃閃的毛。

到頭來，小太郎竟是一隻小狗。不過，從挺豎的耳形，及頭頂摻雜的黑毛，在在顯示出牠的剽悍與勇猛。

方才聽到直次的呼喚而現身的小太郎，望著他半晌，像在掂量他的斤兩。接著，終於滿意的牠一度消失，回到國信的墳後挖了好一會，叼著一只舊皮囊回來，催促直次快下山似地逕自先行。下山途中，牠沒讓直次碰觸那只皮囊，因此直次不曉得有何用途，也不知道裡面裝著什麼。

（事情朝著奇怪的方向發展……）

直次暗忖。

（只能祈禱和小太郎到家時，不會被數落大老遠跑一趟，卻只帶了條狗回來。）

就在此時——

小太郎駐足不動。不到一眨眼的工夫，直次跟著煞住腳步。

夜風拂過稀疏的雜樹叢，接著傳來略微不同的風聲。

是腳步聲。

一人一犬，默契十足地豎耳傾聽。

風。

枝葉沙沙作響，旋即安靜下來。

這回聽到明確的腳步聲。來者有數人，連呼吸聲都清楚傳入耳裡。踏到枯葉的聲響。直次留神著別晃動燈籠，低下頭一口氣吹熄。

黑暗籠罩四下。

小太郎低吼，前方雜沓的腳步聲彷彿在給予回應，繼續向前。從聲音判斷，約有四至五名。下一瞬間，背後也來了人。從他們並未掩飾步履聲看來，想必是那群傢伙，即那個沒給直次好臉色的女子口中的「一大群男人」。雖然不知道他們想做什麼，但對方顯然仗著人多勢眾，無所畏懼。直次緩緩後退，眼角餘光朝後方一瞥。黑暗中，走動時粗布衣的摩擦聲，窸窣作響。

小太郎並未停止低吼。

「這麼晚了，找我有事嗎？」

通常外行人趁夜偷襲時，領頭者多半站在隊伍的最前方打先鋒。直次看著前方的黑暗問道。

沉默片刻，身後傳來沙啞的聲音。

「不關你的事，我們要找的是小太郎。」

原來如此。直次背靠著雜樹叢，躡著腳慢慢移動，這種情況下，擋在後方的敵人最危險。雜樹叢下方是山坡，直次已無路可退。

「爲什麼要找小太郎？」

「我們不能讓你帶走那條狗。」

那也得有本事留下牠。

眾人爭奪的小太郎仍緊咬著那只皮囊，放低姿勢，幾乎匍匐在地，觀察敵軍將如何發動攻勢。

儘管身經百戰，直次還是頭一遭與一隻狗聯手禦敵。

「勞師動眾找這隻野狗做什麼？」

「少囉唆，你不也大老遠從江戶來找這隻野狗？你明知牠是那個怪老頭的狗！」

「肯定藏著一大筆金銀財寶！」另一個人嚷嚷著。

喔，直次這下明白了。這些傢伙板著臭臉，並非怕生害臊，只是不屑地將外來者視爲形同野兔野鹿的獵物。

「看來，你們的目標是小太郎嘴裡的那只皮囊吧？」

悶不吭聲，這表示直次猜中了。

「不過，很遺憾，如同各位所說，我大老遠從江戶來到這種深山老林，正是爲了這隻小髒狗，還有牠咬著的皮囊……失陪！」

說罷，直次將燈籠朝反方向扔出去，對方頓時亂了陣腳。

直次擺脫手上的物件之後，往上一躍，只要能夠短暫攀住頭頂上的樹枝即可。他借力使力，對準前排那些傢伙的正中間縱身跳下，順勢撲倒兩個人，再將企圖抱住他的另一個人從背後飛踢出去。接著，他恰好利用東倒西歪的人牆當掩護，大喊一聲：

「小太郎，快逃！」

背後的追兵已逼近眼前，在退路被阻斷前，趕緊逃離方爲上策。畢竟寡不敵眾，況且直次對這座山林實在太陌生。小太郎也飛快越過奮力狂奔的直次身旁。

下一瞬間，伴隨著迸裂聲，直次的右手感到一股灼熱。慌不擇路的他迎面撞上一棵樹，這才回神。剛才掠過他右手的東西莫非是……？

「小太郎別停！繼續跑！」他朝下坡遠處叫喊，一邊按住被擊中的右臂，閃身蹲入旁邊的草叢裡。

所幸僅僅是皮肉傷。

（太大意了……話說回來，那只皮囊裡到底有什麼東西，他們非得手不可？）

很幸運地，直次待在下風處。火藥的氣味飄過來，愈來愈濃。他伸手探入懷中，握住那支如同武士貼身佩帶的長短腰刀一樣，從不離身的藏刀杖。說是藏刀杖，其實空有虛名，裡面並未藏有刀具，但只要握住杖柄使勁一甩，就會伸出一截與肘同長的櫟木杖，前端還套著鉛塊。如此一來，只要確切掌握狙擊的位置，便能讓對手暫時動彈不得，並且不致死傷。

火藥的氣味逐漸靠近。追來的似乎不是優秀的獵手，粗重的喘息聲迴盪在黑暗中。直次等待那股氣息來到近前，左手瞄準聲源處用力一揮。他動手時已拿捏輕重，只打中下巴，但足以讓對手躺個幾天養傷了。

又一發槍聲響起。

他看到火光，趕緊趴下，卻聽到一個清脆的聲音。那是子彈反彈的聲響。

（不會吧？）

是藏刀杖。

（怎麼可能那般湊巧？）

緊張的情勢不容直次多想。下一發子彈即將飛過來，他卻全身僵硬。因爲握在左手的藏刀杖愈來愈重，胳臂幾乎快撐不住。

槍聲！

左手霍然高舉，杖身迸出火光，子彈跳彈應聲嵌入斜後方的樹幹上。

子彈反彈了？

直次一陣錯愕。藏刀杖竟將他的左手猛力扯向槍聲的來源。更不可思議的是，手杖逐漸發出白色亮光——和留在姊妹屋的那柄腰刀一樣！手中白刃凌空劈落。隨著他「哇」一聲大叫，被斬成兩段的火繩槍沿著後方的山坡滾落。追趕而來的兩人和直次同樣張口結舌，愣了一會才闔上嘴巴，像機關人偶突然動起來，用比槍滾落更快的速度逃之夭夭。

直次留在原地，依然目瞪口呆。

背後傳來溫柔的足音。

是小太郎。牠的眼中燃著熊熊怒火。

「那柄護身刀……」直次使勁甩甩頭，表情和剛從水裡出來的狗一樣。「小太郎，你早就知道了吧？」

這句問話自然不會得到答覆。小狗轉過身，彷彿不高興耽擱了時間，催促直次快些跟上。牠照舊快步下山，嘴裡仍緊緊叼著那只皮囊。

直次連忙跟上前，暗想：

（那群傢伙大概以爲，小太郎一直看守著國信生前藏起的金幣吧……可是，他們不知道確切的藏匿之處，遲遲不敢對小太郎動手。話說回來，那只皮囊裡到底裝著什麼？）

直到他們下了山，在木下河岸等待回程的駁船時，答案總算揭曉。在黎明的微光中，小太郎啣著皮囊遞給直次。他打開一看，頓時明白囊中之物肯定會讓那群夜襲的傢伙大失所望，但對於急著趕回姊妹屋，揭開那柄神祕腰刀之謎的自己，卻是意義深重。

那是一枚刀具的護手。

七

翌日，六藏再度前往砂村，阿初也同行。

昨晚，根據從甜豆鋪老闆那裡問出的消息，六藏帶領手下直搗井筒屋。可惜，這次任務以徹底失敗收場。

井筒屋店主相當配合，沒有反抗，也沒有狡辯，但始終堅持不認識遠州屋老闆，也從未看過缺了護手的腰刀。他表示家裡沒有任何見不得人的東西，要搜索請自便。

結論是，六藏敗得一塌塗地，沒找到腰刀。如此一來，光憑達吉和甜豆鋪老闆的證詞，不足以逼他吐實。六藏氣得牙癢，只好留下幾個人埋伏監視店主的行蹤，先折返姊妹屋。

到家後，阿初告訴他，在幻影中看見一個男人和缺了護手的腰刀。

前些時候，六藏還半信半疑，如今已對阿初的神奇力量深信不疑。

「沒錯，妳看到的那個傷疤歪斜的男人，就是井筒屋的店主。」

阿初一時摸不著頭緒，「可是……可是，爲什麼這柄腰刀上，會映出和遠州屋那起案子有關的人？」

這下更坐實了井筒屋是關鍵人物。於是，六藏心生一計。

「不如進攻他的弱點！井筒屋那傢伙絕不可能爲嗜好掏出二十兩，肯定是打算高價轉賣給有錢的買主。就從這條線索著手調查吧。」

砂村位於俗稱「十萬坪」的海埔新生地（現今深川一帶）的南側。這地方從享保年間（一七一六～一七三六年）開始塡海造陸，此前是富岡八幡宮（現今的門前仲町）突出至海中的岬角地形，爲了將海面變成地面，靠的是大江戶各町每天吐出的塵芥——也就是垃圾。

從這片新土地的來由，便可得知腳底下埋的是什麼。塡海造陸至今仍持續進行，而像井筒屋這種舊貨商，貨物的來源委實堪慮。搞不好是在垃圾堆裡挖寶，從中淘出貌似有模有樣的飾品，再加上他的舌粲蓮花，藉此大發利市。說穿了，其實是以假亂眞的買賣——六藏沿著蔥田的田埂，邊走邊向阿初解釋。

兄妹倆留神著別打草驚蛇，經過八幡宮原址附近的井筒屋門前。六藏事先和埋伏於此的手下聯繫，協助阿初指認店主的長相。

窗明几淨的井筒屋，與其說是舊貨商，更像一家古董鋪。這有些出乎阿初的意外，但更令她驚訝的是……

「沒錯，就是他……」店主正是阿初在幻影中看到的那個男人。

「這麼看來，那柄怪刀還藏著更多讓人大吃一驚的祕密。」六藏的表情變得嚴峻，「直次那邊不曉得情況如何……」

「我也很擔心直二哥。」阿初的臉蒙上一層淡淡的陰影，旋即打起精神。「不過，那柄腰刀大概會……不對，是一定會去保護尋找小太郎的直二哥，以及小太郎的！」

昨天夜裡，那柄刀一度變得沉重，不一會又在阿初手裡漸漸減輕，不久便恢復原本的重量，刀身的光芒也消失。那一瞬間的奇妙體驗，使阿初的一顆心更是怦怦跳個不停。

兄妹倆匆匆趕路。六藏已吩咐在井筒屋監視的手下，假如情況有變，盡快聯繫六藏此時趕赴的下一個地點。

他們去拜訪的是負責看管砂村一帶的探子松吉。據說，他的祖先是當初主上允許塡海造陸、開闢十萬坪的三名商人之一。

「想知道井筒屋店主是何來歷，請教這一帶的萬事通準沒錯。之前有兩、三件案子，承蒙他幫了大忙。這位大爺相當值得信賴。」

松吉開了家澡堂，店號用的是妻子的名字。六藏請女傭傳話，隨即被領進客廳。只見松吉陪著走起路還搖搖晃晃的孫女玩紙糊狗，一看到六藏便開心地迎他入座。

「如你所見，我整天賦閒在家，不問世事嘍。」歲數約莫大六藏兩輪的松吉，撫著一頭銀髮笑道：「近來公事全交給佐介去辦了。」

「子承父業，著實再好不過。」

「哪裡的話，那小子還不成氣候。眼下都靠我那幾個手下在一旁撐著，他好歹才沒被身上那支捕棍的重量壓垮。」嘴裡這麼說，松吉其實笑得頗得意。

「今日叨擾，是想請松吉大爺鼎力相助。」

「原來如此。」松吉挪了挪坐姿，「有事找我這個老頭子？儘管說，莫非是要爲阿初談親？」接著，他看向阿初。「妳就是阿初吧？唔，還有幾分小時候的模樣，沒想到已是個姑娘家嘍。早知道會出落得這麼標緻，就該讓佐介那小子多等幾年，把妳娶進門才對。」

一陣談笑過後，六藏言歸正傳：「不瞞您說，今天是爲了那個舊貨商井筒屋的事而來……」松吉一聽，旋即皺起眉頭。

「井筒屋？唉，那個壞胚子！」松吉連連擺手，「店主彌三郎來歷不明，一肚子壞水。我特別盯著他，想等他露出馬腳，好幾次差那麼一點就可以逮人，偏偏他總能順利脫身。這傢伙精得像猴，又是吝嗇的守財奴，眞不知該怎麼說才好……」

「這傢伙會以身試險嗎？」

「不，他絕不會親自冒險，一向只慫恿別人去幹危險的勾當，拿到好處立刻過河拆橋。就算他賣了親娘的白骨換錢，我也不意外。」松吉繼續道：「聽說井筒屋賣的東西，有些是從墓裡盜來的陪葬品。按我過去的觀察，大概八九不離十。問題是，想盡辦法還是沒能掌握關鍵證據，老被他耍得團團轉。我再三叮囑佐介，得時時刻刻盯著井筒屋。就拿不久前洪水氾濫的事來說，其實那場水災淹沒了堤岸附近重願寺的墓園，民眾亂成一團。」

距今恰恰半個月前的那場雨，並非往常三、四月間一連數日的綿綿細雨，甚至日本橋川也水位暴漲，險些淹上橋面，遑論一旦潰堤，周邊的低窪地帶必將立即造成嚴重的死傷。

「當時，我擔心井筒屋會模仿趁火打劫的宵小，照樣來個趁水打劫，格外戒備。可是，整整下了三天的豪雨，難免有所疏忽，讓彌三郎那傢伙撈了一大筆。況且，等到洪水總算退了，竟又發生一起懸案，佐介那小子忙得人仰馬翻，根本沒空管井筒屋。」說到這裡，松吉面色凝重。「案發地點，是一個名叫阿庸的男人居住的河邊窩棚。這傢伙是個拾破爛的，在那一帶相當惹人嫌惡。大水退去三天後的夜裡，他全家慘遭滅門，現下還沒查到凶手。佐介拚命調查，但這起案子實在疑點重重。絕不是爲財殺人，附近人人都知道阿庸家裡根本沒值錢的東西。」

阿初愕然失色，看向哥哥。只見六藏眸光如電，壓低嗓門問：

「那個叫阿庸的傢伙，該不會身首異處吧？」

松吉頓時大驚，手中的菸管險些掉落。「對，沒錯!你怎麼知道？」

「而且，砍下阿庸的腦袋，及殺害家裡其他人的那柄凶刀，哪裡都找不到吧？」

松吉連連點頭。

「正是!佐介就是想不透那一點。況且，還有件可疑的事，就是阿庸全家遇害的那一晚，約莫是案發不久，有人在阿庸的窩棚旁看到井筒屋的店主。早前就聽說阿庸拾荒找到的好貨會賣到井筒屋，佐介也很努力想從這條管道抓到他的把柄。」

「爲什麼不能逮捕井筒屋的店主？」

「附近的人聽到阿庸的窩棚裡傳出女人和孩童的叫嚷聲，恰恰剛敲完亥時的鐘。你可別問那人怎麼沒過去看看情況。唉，人窮百事衰，阿庸家的老婆和孩子一個個都不可救藥。街坊鄰居早聽慣這一家大吵大鬧扔東西，也就由著他們去。」

「這部分我明白了。那麼，井筒屋店主怎會被證明是無辜的？」

「那時井筒屋來了客人。而且不是一般客人，是做駁船生意的『近江屋』老闆，你聽過嗎？」

「假如我回答沒聽過，松吉大爺，您恐怕要當我瘋顛了吧？」

松吉不禁一笑。「對，正是近江屋那位老闆。打個不妥當的比喻，即使將軍大人驟逝，江戶百姓還是照樣工作玩樂，但萬一近江屋孝兵衛染上流行性感冒，馬上會有人三餐不繼，餓死在路邊。」

「去井筒屋作客的，就是孝兵衛嗎？」

「是啊。人人都稱讚近江屋孝兵衛是大善人，甚至說他簡直是在佛門修行，卻誤入商道的柳下惠。他唯一的嗜好，你猜猜是什麼？」

六藏和阿初一時啞然。半晌，阿初提心吊膽地說：

「該不會是喜歡蒐集刀吧？」

松吉朝膝頭一拍，「妳怎麼猜中的？正是刀！據說，近江屋老闆的宅邸有個氣派的大廳，滿滿擺放著刀。坊間相傳他花錢不眨眼，到處蒐集名刀……」

哎，這下糟糕——阿初不由得雙手掩面。

「大哥，我知道了。雖然還沒弄懂理由，不過，那柄缺了護手的腰刀就是『虎』！你想想，眼下它不是在作亂嗎？遇害的不僅是遠州屋一家人……然後，井筒屋正打算將那柄虎刀賣給近江屋的老闆。」

「缺了護手的腰刀？」這回換松吉反問：「和案子有何關聯嗎？」

「關係可大嘍，細節稍後再說。松吉大爺，勞駕陪我走一趟井筒屋，得趁那傢伙和近江屋老闆完成交易之前想辦法阻止，否則大事不妙。」

松吉雖然上了年紀，辦起正事還是挺俐落的。他立即派遣下人知會佐介，隨著六藏奔出家門，甚至快追過六藏。六藏跑得氣喘吁吁，仍向松吉簡要解釋遠州屋一案與井筒屋老闆的關聯，及那柄缺了護手的腰刀的事。

「遠州屋案件和拾荒阿庸的案子如出一轍。依我們推測，凶刀就是井筒屋拿到的那柄缺了護手的腰刀，錯不了！」

可是，這兩名探子尚未趕到井筒屋，途中迎面遇上一個飛奔而來的男人——是六藏的手下伍助。他被六藏逮捕後洗心革面，如今成爲得力助手，論埋伏監視的功力，無人能出其右。只見伍助臉色大變，嚷嚷著：

「老大，剛剛做駁船生意的近江屋，遣人來井筒屋啦！」

「嘿，這叫自投羅網，剛好來個人贓俱獲。」

六藏等不及要大顯身手，伍助卻一個勁地猛搖頭。

「不是您想的那樣。近江屋差遣的人的確帶了錢來，我不會看錯。依他走路的樣子推斷，懷裡應該揣著五十兩。可是，還有更要緊的事。我親耳聽見他說『昨天談妥的另一半餘款送來了』。」

「混帳，這麼重要的事怎麼不先說？」

六藏破口大罵。

松吉聞言沉吟，「通町的老大，你料中了。依近江屋老闆的身家，區區一、兩百兩，根本不成問題。看來，昨天已將腰刀賣給他……」

六藏和松吉攔下路邊的轎夫，速速趕到近江屋。六藏咬緊牙關，無論如何都得阻止下一場慘劇發生。

遺憾的是，他們終究晚了一步。

八

阿初先回去姊妹屋，等候直次和小太郎歸來。此時她已明白什麼是「虎」，望眼欲穿，心急如焚。阿初向老天祈求：小太郎快來，快點來啊！千萬不能再發生像遠州屋和近江屋那樣的慘事。

不巧的是，近江屋當時有個聚會。據劫後餘生的人描述，主人孝兵衛去解手前毫無異狀，回到宴會廳手裡已握著刀。面無表情的孝兵衛，第一個砍殺的是坐在最末座的外甥，即與孝兵衛多次衝突、近日剛分家的店東，緊接著發狂似地見人就砍。最後，包括在附近値勤、聞訊趕到的巡邏捕快在內，總共殺害多達八人。並且，那柄缺了護手的腰刀，又如一陣雲煙般消失無蹤。

六藏趕到近江屋卻發現爲時已晚，連忙派人回去通知姊妹屋此一慘劇，並吩咐家人在還沒找到腰刀之前不得輕舉妄動，他一定會找出那柄刀，否則一再發生這種事簡直沒臉見人了。傳話的口吻，可聽出六藏的憤慨。

入夜後，直次總算回來。從他疲憊的表情看得出已極力兼程趕路。不過，阿初還來不及慰問，先吃了一驚。

「你就是小太郎……？」

見阿初愣在原地，緊緊唧著那只皮囊的小太郎抬頭注視著她。於是，阿初腦海裡響起一道聲音。

（請立刻趕去！）

「你大老遠跑去木下河岸，就爲了帶這條狗回來？」

阿好不敢置信地提高嗓子問。她的叫嚷和阿初腦海裡的聲音疊在一起，只聽那聲音再次催道：

（快去！帶上那柄刀隨我來。唯有聽聞此聲的妳，能助我一同打倒虎！）

「……有人……說話了嗎？」阿初囁嚅。她微微發冷，和往常見人所不能見之物的時候一樣。

「沒人說話。」直次答道。他發現阿初神色有異，連忙伸手攔住阿好繼續追問，望向阿初。

「那隻狗就是小太郎沒錯！」

阿初點頭，「牠說，要我跟牠一起去。非我不可。」

「這條狗說話了？」阿好面露懼色地問。

阿初進入內室，拿起那柄怪刀。沉甸甸的。她將刀抱在胸口，回到小太郎面前。

「好，我們走吧。」

與此同時，難掩憔悴之色的六藏，走到八丁堀的宿舍附近。不久前，他遇到同樣拖著疲累的腳步、將那柄怪刀託付給他的刀主，即南町奉行所的捕快內藤新之助。

「唉，實在太不走運。」六藏咬著牙，語氣憤慨又遺憾。

就差那麼一步。當六藏趕到近江屋時，死者的身軀餘溫猶存。慘遭近江屋老闆瘋狂揮刀殺害的是巡邏捕快佐田主水，當時與他一起巡邏市街的同僚，好巧不巧，竟是內藤新之助。

於是，六藏從那柄腰刀的奇語幻影，乃至這回近江屋屠殺案的緣由，向新之助一五一十詳細匯報。六藏說，大人出現在近江屋的命案現場，是上天的安排，我會拚命找出那柄腰刀，讓它往後再也不能作惡，如此亦是大功一件。最後，還不忘鼓勵氣餒畏縮的新之助振作起來。約莫是這番激勵奏效，儘管新之助臉上尚未恢復血色，仍邀請今晚要徹夜搜索的六藏一起吃頓便飯，說是宿舍就在前面不遠，不會占用太多時間。身心俱疲的六藏接到這項邀約，自是欣然接受。

話說回來……走在前方的新之助拖地而行，聽著他沉重的腳步聲，六藏腦海裡將目前已知的案情重新梳理一遍。

（那柄缺了護手的腰刀，看來確實擁有可怕的力量，連近江屋那樣的大老闆都能逼瘋。不過，那柄刀在一連串的案件中行凶後，並非自行消失。砂村新田一案是井筒屋店主、遠州屋一案是甜豆鋪老闆基於不同的理由藏匿腰刀……依此推論，這回恐怕也有人協助藏刀……）

問題是，這回會是誰？根據過去的經驗，當時在近江屋裡的每一個人，都是六藏懷疑的對象，捕快亦不例外。不幸之幸是，那柄腰刀缺了護手。案發後，所有踏入現場的捕快，腰間的刀皆有護手。況且茲事體大，即使六藏一時沒看到，必定會有其他人察覺異樣，可說是滴水不漏。接下來的調查對象是倖存的店員、聞訊衝進宴會廳的大夫、巡守隊員們，及看熱鬧的群眾。除了這些人以外，近江屋老闆蒐集的刀具也無一遺漏地查過。正如砂村的松吉所言，那些藏刀塞滿整間廳室，堪稱一座刀山。六藏、新之助，再加上趕來協助的官差，眾人聯手將那些刀一柄一柄查了個遍。

無奈的是，終究未能尋獲缺了護手的腰刀。

（它又一溜煙地逃走……不，不行，無論如何，這回你插翅也難飛！）

六藏如此告訴自己。這時，亥時的鐘聲響起。

一聲、兩聲……三聲敲完，接著是第四聲……夜裡四響是亥時。對了，砂村那件案子，還有遠州屋那件案子都是……

噹啷。

有什麼東西掉在六藏的腳邊，他納悶地將燈籠湊近。

「大人，您是不是掉了東西——」

是刀的護手。

六藏心頭大驚，驀地明白一切。他猛然蹲下，伸手探向懷裡的捕棍。新之助慢慢轉過身，臉上毫無血色，猶如一度進了棺材又重返人間的死人。那空洞的目光掠過六藏的喉嚨後不再漂移，新之助於黑暗中摸索一陣，慢慢拔出一柄缺了護手的腰刀。下一瞬間，白刃已劃過六藏的頭頂。迅雷不及掩耳的刀起刀落，六藏霍然明白這不是活人使的刀。沒有一絲空檔。沒有一絲間隙。這柄刀沒有生命，這柄刀沒有呼吸。

六藏打橫一跳，躲過一劫，卻由於衝勢太猛撞上旁邊的樹。白色的東西如雪片般翩翩飄落，原來是盛開的櫻樹。他縱身一躍，下一刀已劈砍而至。刀刃應聲嵌入櫻樹的樹幹，花瓣也紛紛落在新之助身上。新之助拔出刀，追擊六藏。捕棍及時架住瞄準頭頂揮下的利刃，火花迸濺。新之助猝然摔倒在地，六藏趁隙往旁一滾，滾下了路邊的水溝。

這下該怎麼辦？離宿舍還有一段路。不成，就算那邊聽得見求救聲，裡頭的捕吏全出動去查近江屋凶殺案，只剩下女人和孩童而已，反倒會害他們陷入險境……

新之助拖地的腳步聲漸漸接近，粗氣直喘。那柄沒有生命的刀，正在操縱一個活人。

這條巷子又窄又暗。然而，黑暗並未站在六藏這一方，甚至阻撓他的生機。此時，莫非內藤大人在這片漆黑當中，仍能看得清清楚楚？

一陣嘶吼闖入六藏的耳道。內藤大人竟發出那般可怕的聲音？

並非如此，那是……

（腰刀的叫聲！）

六藏奮力跳出水溝，利刃朝他前一刻的藏身處狂亂揮劈。六藏一個踉蹌，趴在地上。新之助旋即轉身朝他背後砍下，及時架住的捕棍再次迸出火花。新之助一躍，捕棍從六藏的手中應聲震飛。

（糟糕！）

連同一聲獸吠，刀刃迎面劈落——六藏咬緊牙關，暗咒一聲「可惡」，不自覺地閉上眼睛。

一股不如想像中猛烈的衝勢，將六藏撞倒在地。然而，他沒死。簡直不敢相信只有臉著地時的擦傷隱隱刺痛，六藏睜眼一看……

一隻狗。背毛豎起，露出銳齒，代替六藏與新之助對陣。六藏帶著模糊的視線，納悶地環顧四周。

「直次……阿初！」

直次奔上前，用沒受到槍傷的胳膊攙起六藏，讓大哥的手架在自己肩上，兄弟倆相扶而立。

「幸好趕上了！」

阿初站在稍遠處，獨自捧著那柄怪刀，也就是國信的腰刀。她直勾勾地注視著小太郎的一舉一動。小太郎朝新之助步步進逼，吠了一聲，以半圓弧的移動方式漸漸縮短彼此的距離。新之助狠狠瞪著小太郎，躡著腳逐步退後，又伺機猛然進攻，卻被小太郎攔下。

「國信……」新之助緊咬的牙關間，迸出恨之入骨的名字。

「這是怎麼回事？」六藏面色發青，「阿初……阿初她──」

「噓，別擔心。」直次打斷六藏，但仍提高警戒，準備隨時出手相助。「此事非阿初不可！這是阿初和國信兩人聯手的最後一役。」

阿初不停發抖。她遲遲沒聽見指示，不曉得小太郎有何打算。

顯然地，國廣的腰刀不單會殺人，還會危害受其操控的人。眼前的捕快忽然虛弱得像個病人，舉刀指向對手的左眼，刀尖卻止不住顫抖。小太郎凜然迎敵，來回兜繞，徐徐迫近。

阿初緊握刀柄，目不轉睛地看著小太郎的舉動。她是在小太郎的強力要求下，隨著牠抵達此處。小太郎知道國廣腰刀的所在位置。牠清楚地看見。於是，牠猶如黑夜中引導船隻的燈塔，帶領阿初一路狂奔到這裡。小太郎想做的事，全部化為文字，浮現在阿初的腦海；而阿初聽見的聲音，或許就是已逝的國信，託付小太郎代為完成的未竟之願。因為那和阿初最早聽懂這柄怪刀在說什麼的時候，是同樣的聲音。

（唯有聽聞此聲的妳，能完成此事……）

新之助像頭野獸般低吼。只見凶光一閃，他揮刀一劃，削去小太郎的左耳。小太郎並未退卻，依舊低伏著伺機而動。

「小太郎！」

阿初的呼喊聲引得新之助抬眼張望，終於發現她。新之助似笑非笑。假如骷髏會笑，大抵就是這副德性——那望向黑暗的眼框，分明只是空無一物的黑色孔洞，卻彷彿仍可辨識出存在於黑暗中的彼方之物。

然而，新之助一分心，提供小太郎絕佳的時機。只見牠縱身一撲，恰恰落在新之助的影子上。毋寧說，是月光清晰映出那柄瘋狂腰刀的影子上。原來，小太郎方才來回踱步，耐心等待的正是這一刻。

隨著一道破裂的聲響，新之助呻吟起來。阿初頓時明白，他再也動不了。小太郎的力量使他無法動彈，這亦是能與國廣殘留於世間繼續興風作浪的妖氣，相互拮抗的唯一力量。

噹啷，又是護手落地的聲響。然而，這回是從小太郎啣著的那只皮囊中掉落的護手。同時，阿初腦中響起一個聲音：

（快，就是現在！）

我嗎？要我殺人？我怎能殺人呢？阿初猶疑著，發出無聲的尖叫，手中那柄國信的腰刀卻扯著她向前走。就在她踏出一步時，新之助的身影驀地消失，站在面前的變成一個眼布血絲、齜牙咧嘴，好似厲鬼的男人。對方一現身，阿初手中的腰刀迅即使出致命一擊。一陣刺眼的亮光讓阿初不由得閉上眼睛，但仍可聽見新之助撕心裂肺的慘叫，及感受到握著腰刀的掌心猛然一震。

先是國信的腰刀飛出阿初的手掌，在空中劃過一道銀色短弧後，掉落在地。緊接著，國廣的腰刀從新之助的手中彈飛上天，發出垂死前震耳欲聾的吶喊。三人一犬愣在原地，仰望天際。忽然「砰」一聲，新之助蜷成一團，倒臥在地。

須臾後——

劃破虛空的聲音由遠而近，國廣的腰刀朝著一動不動的阿初三人正中央，或者說得更確切些，從小太郎的正上方，即掉出皮囊的護手正上方，筆直落下。只見小狗安然迎接這一刻的到來，既不逃也不避。阿初尖叫出聲。

小太郎！

叫聲未歇，利刃貫穿小太郎的身軀，插入地面。刀柄微微左右振晃，倏忽即止。

小太郎消失不見。

阿初倒吸一口氣，不由自主地放聲大哭。她急忙奔過去，手剛要伸向刀柄時，不禁大吃一驚。

刀上多了護手。她伸手握刀，不費吹灰之力便拔出地面。刀很輕。不但輕巧易舉，並且通體混沌，轉眼間愈來愈黯淡。

「啊！」阿初訝異地張著嘴，「生鏽了……」

眾人眼睜睜地目睹這一幕。國廣那柄迭生災厄的腰刀快速生鏽。阿初茫然望著一切，也看到鐫刻於刀身的不祥圖紋——露出白森森尖牙的雙頭虎。

原來，這就是國信口中的「虎」。

國廣妖刀上的雙頭虎，漸漸變得模糊。按照生鏽的順序，從刀尖到刀稜漸次化爲紅色鐵粉，隨風而去。拂上面頰的春風溫暖而強勁，吹落了櫻花，也吹散了滿懷怨念的妖刀。不久，只剩下阿初手中的刀柄。但即使是這一截也逐漸崩解，變成無法握住的碎屑，然後是粉末，自她的掌心滑落。殘餘的刀莖也迅速鏽蝕。就在即將消失前，阿初在刀莖上瞥見「國廣」二字的刀銘，下一瞬間，旋即被無情的風帶走最後一撮塵灰……

阿初手裡僅餘夜晚的春風。一枚櫻瓣宛如臨別的餽贈，悄悄留在不住哆嗦的掌心。

「變成一柄爛刀。」直次撿起那柄國信的腰刀，「刀刃上全是缺損，沒辦法用了。」

「畢竟完成任務了嘛。」阿初嘟噥一句，再次找尋小太郎的身影。小狗眞的消失無蹤。牠離開了。小太郎同樣已完成任務。莫非從頭至尾，根本沒有一隻名爲小太郎的狗，唯有刀匠國信的魂魄長留人間？

阿初潸然淚下，視野迷茫。

「太好了，內藤大人看來沒事！」六藏欣喜喊道。「哎，總算撿回一條命。」

九

井筒屋老闆終於招認。爲了將那柄刀據爲己有，他在阿庸全家慘遭殺害的當晚，確實去過那裡。

「誠如大人所知，那玩意是在那場大雨中從重願寺墓園流出來，被阿庸擅自撿走，拿來我這裡兜售。當時恰巧近江屋老闆也在場，不曉得什麼原因，他一見那柄刀就喜歡得不得了，馬上答應買下。可是不知爲何，阿庸立刻反悔，嚷嚷著『不想賣了』之類的蠢話，抱著刀就逃回家。我自然不能由著阿庸胡鬧，三番兩次催他趕快交出。那傢伙遲遲沒把刀送過來，我只好親自走一趟。到了那裡一瞧，險些沒把我嚇破膽。豈料，好不容易才到手的刀，還沒來得及送去給近江屋老闆，便被來弔祭友人的那個叫什麼來著……喔，對了，遠州屋的店主搶先買走。這下，我簡直一個頭兩個大。我不喜歡動粗，登門拜託好幾次，但他就是不肯割愛。至於之後的事，大人全都查清楚了。」

最後，雖然還有諸多疑點，可惜未能查出證據，只能以竊取阿庸持有之刀的理由，將井筒屋老闆逐出江戶。正如來時一樣，井筒屋老闆扛著一只行囊離開。

「可是，爲什麼偏偏只有那個壞心腸的井筒屋老闆，沒遭國廣的腰刀附身？」

六藏百思不解。於是，松吉如此解釋：

「或許眞正的妖刀，並不會殺死每一個摸過刀的人，而是巧妙利用井筒屋那種傢伙，藉其之手將刀傳遞給更多人……畢竟是雙頭虎，一頭負責吃獵物，另一頭負責找退路，實在恐怖。國廣這名刀匠想必技藝非凡，遺憾的是，空有一身技藝卻缺乏人性，頗値得同情。」

後來，松吉又去調查重願寺的墓園紀錄，想知道國廣那柄虎刀是什麼時候、埋在什麼地方。陳年舊事查起來並不容易，所幸找到一名男子，其父曾於前一任住持的時代，在重願寺當過雜工。男子還記得父親提過的回憶片段。

「確切的時間記不清楚，至少是十五年前的事。據說，某位將軍大人直屬武士的管家來到寺裡，要求將那柄刀祕密埋在墓園的偏僻角落。雜工詢問理由……」

當時，管家嚴肅地回答：

「這柄刀會將一個人深藏在心底，連自身都渾然不覺，抑或早已遺忘的惡意挖掘上來。所以，除非必要，這柄刀不能輕易拿出來。人人心中都存有惡意，千萬不能以爲自己絕不會受影響。日復一日，我們在不知不覺中累積的惡意，表面上雖然毫無異狀，卻會被這柄刀統統翻攪上來，到處作亂……我的主人一看到它立刻識破詭計，決定封印起來，以免危害世人。這柄刀妖氣十足，凡人只消瞧上一眼，必定神魂顚倒，所以此事務必保密……另外，這腰刀少了原本該有的護手。缺了護手的刀，就像沒有馬銜的馬，一旦鬧起脾氣，誰都無法阻止，要想阻止可說是難如登天。」

於是，那柄以白布層層裹覆的腰刀，埋在一個挖得極深的洞底。

「事到如今，無從得知那名管家是如何拿到刀。不過，多虧他妥善的處置，至少將虎刀封存十五年之久。只可惜，沒能讓它永永遠遠與世隔絕……」

「阿初，聽聞妳近來悶悶不樂？」

結案的幾天後，奉行遣人來接阿初到官邸。每次前去，總會被領到同一個房間。依阿初的觀察，這似乎是奉行的家臣專用的廳室。

「直次稟報過事情的始末，名爲小太郎的那隻狗實在令人同情。」

「牠消失了。」如同奉行所言，阿初的身上看不到往日的朝氣。「若是死了，至少會留下小太郎的屍骨，卻什麼都不剩，憑空消失。」

根岸肥前守支著手肘，坐在書桌前，神情顯得相當遺憾。他朝阿初略微俯身。

「老朽做了一點調查。雖然不清楚這個名叫國信的刀匠，在流浪的那些年如何精進自身，不過……」肥前守接著說：「小太郎這隻狗應該是在午年出生。」

根據《易經》的記載，虎、戌（註）、午合稱「三合」。當三者齊聚，各自本意盡失，將化爲另一種意義。

「想必國信到處尋找符合這項條件的狗。所謂『坂內』，乃是位於北邊深山的一處地名，相傳該地的山犬具有勇猛果敢的血統。當然，這也是我聽來的傳說。」

或許國信的魂魄，借用小太郎的犬形樣貌逗留於世間。既然窮極一生的任務順利完成，如今他應該已欣然遠離塵世……奉行語畢，慈祥地望著阿初。

「或許正如大人所說的那樣。」阿初回話，心情稍微輕鬆了些。「奉行大人，這次的事，您打算怎麼命名？」

「待老朽思索片刻……」肥前守側著一頭華髮，「不如題爲〈騷動之刀〉吧。」

註：地支的第十一位，即生肖排名中的狗。

作者後記

寫後記向來是我最苦惱的事，這次卻是主動請纓。

本書收錄的四個中短篇都是我相當早期的作品。〈迷途之鴿〉和〈騷動之刀〉皆在一九九一年首次刊載，而這兩篇的初稿分別在一九八六年與一九八七年完成。這次收錄於單行本之前雖然經過修潤，不過人物設定和故事情節原則上均沿襲初稿的內容。

看過本書的讀者必定會發現，前述兩篇的形式屬於同一群主角的系列作品。事實上，寫完這兩篇初稿的時候，我尚未正式踏入文壇，對於日後能否成爲專業作家更是不抱絲毫期望。如今回想起來，可說是初生之犢不畏虎。在潤稿的過程中重讀往昔的文字，每每令我面紅耳赤。

此次承蒙新人物往來社再次給予發行單行本的機會，該選用哪些作品我思索良久，其中猶豫再三的莫過於〈迷途之鴿〉和〈騷動之刀〉了。依照慣例，這類同一群主角的系列作品通常是累積數篇後集結成冊，此次卻反其道而行，放在獨立的作品集裡，完全是我任性的決定。

理由之一，誠如開頭提過的，這些都是非常早期的作品。我很在意這一點。我認爲，與其根據作品內容傾向分類，不如將同一時期的作品彙集在一起，或許更能呈現出這部短篇集特有的色彩。

至於第二個理由，亦與上述理由有所關聯。我對於寫入〈迷途之鴿〉和〈騷動之刀〉的歷史人物根岸肥前守鎭衛，及其流傳後世的書冊《耳袋》，至今仍懷著濃厚的興趣，並計畫未來將這個題材寫成長篇或短篇系列作品，亦將採用不同的寫作架構。因此，我想藉由這種方式區隔開來，而不是以系列作品的形式續寫下去。

其實，我一直覺得寫這樣「解釋文」似的後記頗難爲情，但基於對早期作品的特殊情感，請容我在此記上一筆。

另外，在前作《本所深川不可思議草紙》中未及表達的謝忱，終於有機會補述。潤改這第二本短篇集的過程中，數不清自己曾嚷嚷多少回「天啊，不行了，可以不要出版嗎？」所幸最後仍順利付梓，一切的一切必須歸功於新人物往來社編輯部的田中滿儀先生與馬場則子女士。假如沒有兩位的持續鼓勵，這兩本書都將永遠不見天日。萬分感謝！

（一九九一年十一月）

※本文涉及重要情節，未讀正文者請愼入

解說 路那

妖由心生——《鐮鼬》解說

小說家的原點

讀畢《鐮鼬》，你第一個想法是什麼呢？是否也像我一樣，感到微微的異樣？那種彷彿見到一個熟的不能再熟的親友，卻覺得他今日似乎有哪裡不太對勁，又說不上來的感覺？那並不像是親友滿面愁容，或看起來就氣色不佳等會令人想要特別提出來詢問的事情，事實上，更接近「不提也沒關係」的範疇，因爲更重要的是你們現下的對話——但在你的思維宮殿裡，還是有些灰色腦細胞正努力地想解開這個或許難以算上謎團的謎團。

——違和感。日本人用這三個字輕巧地標示了這樣略帶不安，卻又不像是發生了什麼眞的挺重要的事情的感覺。（說起來，日本人似乎很擅長爲這樣的事物命名呢。）

像是這樣的違和感，很多時候是以這種方式作結的：灰色腦細胞們慢慢地比對出髮尾鬈翹的角度，抑或是妝容姿態的細微改變。「剪頭髮了嗎？」「換了唇膏？」「去打了雷射？」按照靈敏度的不同，「他人的改變」會以一望即知或違和感的不同形式，浮現在自己的眼前。

我或許是屬於比較遲鈍的讀者吧。直到讀畢全書，看到小說家後記時，我的灰色腦細胞才遲鈍地將那股違和感拾起來——不，應該說是小說家直接了當地把答案遞到了我的鼻子下面。

那股違和感，源自於小說的質感。儘管依舊帶著令人想一口氣讀完的魅力，《鎌鼬》卻帶著一股瘦削而青澀的氣息。比起現今對角色行雲流水、不計篇幅的精心描繪，與端正嚴謹卻也機鋒百出的故事架構，《鎌鼬》裡的四篇作品無論在角色或故事結構上都仍帶著某種嘗試的氣息：舉例來說，〈鎌鼬〉中段的插敘雖然意在誤導讀者，但比起被引到小說家希望讀者去的方向，讀者可能感受到的更是一種因過於省略而略略摸不著頭腦的感覺；〈朧月貴客〉以推理小說的角度而言，鋪陳太長、謎團太簡單。但即便如此，在閱讀時仍不由得爲小說家營造出的世界所著迷——〈朧月貴客〉不像推理？行啊，誰說我要讀的是推理來著？時代小說或者單純的奇談故事，那可也是有趣的緊啊！小說家的生花妙筆雖然尙未盡展，卻也已然得以窺見雛形。

故事的原點

讀〈迷途之鴿〉和〈騷動之刀〉的時候，或許有讀者會驚覺：「這不是姊妹屋的阿初嗎？但怎麼有些不一樣？」確實。翻閱《顫動岩》與《天狗風》，會發現「阿初」這個角色歷經了一番變化。在《鎌鼬》的短篇中，阿初的搭檔是擔任植樹工兼任探子的二哥直次，她和編纂《耳袋》的歷史人物根岸肥前守，則是因路上的意外與二哥的引薦而相識。阿初的超能力也是在此時才爲她自己所意識。然而，在長篇故事《顫動岩》中，儘管阿初的超能力也與初經來臨有關，但故事的時點落在阿初已然熟悉自己能力，且以此協助兄長六藏頭子之後。她與根岸肥前守的相遇，則是其事蹟經層層上遞後引起根岸肥前守的興趣所致。至於辦案搭檔，則由親人直次改爲肥前守指派的算學武士右京之介，阿初與右京之介間更是出現模糊的情愫——這是否就是直次消失的理由呢？但話說回來，在《顫動岩》中，宮部也重新塑造阿初與六藏一家的故事。儘管兩人的父母依然死於江戶盛行的火災，但在《鎌鼬》的短篇是親生兄妹的他們，到《顫動岩》中已成爲養兄妹。

諸如此類的變更所在多有。直次的消失與右京之介的出現，這些設定的變更並非毫無來由。所謂故事的打磨，大抵都源自於對這些理由的思考。說起來，這也是閱讀作家早期小說的樂趣之一：故事，以及這些故事是如何變成其後更廣爲人知的篇章。

理性與妖異，以及人心亙古的執迷

做文學研究的時候，會發現一件有趣的事，無論小說家的作品看起來多麼五花八門、五彩繽紛，橫跨多少種類型，作品中幾乎必然存在著共享的元素。無論小說家對此是否有所自覺，他們都透過書寫技巧，在這些元素的削切增補、幻化形變與連接組成上耗費了一生的心力。小說家們以講故事的技巧，讓他們無法放手的主題形成萬花筒般的面貌。

做爲一個卓有聲譽的小說家，宮部也不例外。從《鎌鼬》收錄的早期短篇中，大抵已能看出宮部對於前現代與現代、妖異與理性的反覆辯證，以及對市井生活切片的正反雙面的細膩觀察。在《鎌鼬》一篇中，堅強而富正義感的少女阿葉、對她在擁有素樸的價值觀之餘，卻也不乏「心機」的描繪，正是宮部角色魅力的一大來源。小說裡描繪的三種殺人犯，分別是爲了淫樂而殺人的主犯、爲了利益而殺人的從犯，以及爲了正義而殺人的偵探，彼此之間的是非正義，也構成她日後反覆刻畫的形象來源。透過將現代主題（淫樂殺人）時代小說化，宮部成功開創一種新的、以現代人的眼光回溯與重建「時代」的可能。此一主題在通靈阿初的系列中以花絮的形式提及，日後又成爲《這個世界的春天》悲劇背後的主心骨，而那已是二〇一七年的事情——這中間，橫跨著三十年的長河。

即便如此，宮部卻也並非執著於將「時代」現代化，她並不否定妖異本身。阿初之所以擁有靈能，正是宮部對此的聲明——這些思考的集大成，正是宮部此刻仍在連載中的「三島屋奇異百物語」系列。從擔任「行動者」的姊妹屋通靈阿初，到擔任「聆聽者」的三島屋阿近之間，透過現代與時代的辯證，宮部探求著人心的執迷如何造就了「怪」的生成。

透過宮部美幸，我們得以無限逼近人心的執迷。而透過《鎌鼬》，我們得以無限逼近小說家青澀卻堅定的時光。

作者簡介

路那

「疑案辦」副主編、台灣推理作家協會成員、台大台文所博士候選人。熱愛謎團，最大的幸福是閱讀與推廣推理小說與台灣文學。合著有《圖解台灣史》、《現代日本的形成：空間與時間穿越的旅程》、《電影裡的人權關鍵字》系列套書。

宮部美幸

作品集／69
Miyabe Miyuki

鎌鼬

國家圖書館出版品預行編目資料

鎌鼬／宮部美幸著；吳季倫譯. - 初版.- 臺北市：獨步文化：家庭傳媒城邦分公司發行, 民 109.08
面；　公分. --（宮部美幸作品集：69）
譯自：かまいたち
ISBN 978-957-9447-79-9（平裝）

861.57　　109009669

原著書名／かまいたち・作者／宮部美幸・翻譯／吳季倫・責任編輯／陳盈竹・行銷業務部／徐慧芬、陳紫晴・編輯總監／劉麗眞・總經理／陳逸瑛・榮譽社長／詹宏志・發行人／凃玉雲・出版／獨步文化 城邦文化事業股份有限公司　台北市中山區104民生東路二段 141號 5 樓　電話／(02) 2500-7696　傳眞／(02) 2500-1966; 2500-1967・發行／英屬蓋曼群島商家庭傳媒股份有限公司城邦分公司 台北市中山區民生東路二段 141 號 11 樓・讀者服務專線／(02)2500-7718; 2500-7719・服務時間／週一至週五：09：30-12：00、13：30-17：00・24小時傳眞服務／(02)2500-1990; 2500-1991・讀者服務信箱 e-mail／service@readingclub.com.tw・劃撥帳號／19863813 書虫股份有限公司・香港發行所／城邦（香港）出版集團有限公司 香港灣仔駱克道193 號東超商業中心1 樓／(852) 25086231 傳眞／(852) 25789337 E-mail／hkcite@biznetvigator.com 馬新發行所／城邦（馬新）出版集團 Cite (M) Sdn. Bhd. 41, Jalan Radin Anum, Bandar Baru Sri Petaling,57000 Kuala Lumpur, Malaysia. 電話／(603) 90578822 傳眞／(603) 90576622・封面設計／蕭旭芳・排版／游淑萍・印刷／中原造像股份有限公司・2020 年（民109）8月初版・2020 年（民109）8月21日初版三刷・定價／340 元
Printed in Taiwan　ISBN 978-957-9447-79-9

請於此處用膠水黏貼

獨步文化 APEX PRESS

讀者回函卡

謝謝您購買我們出版的書籍！

請費心填寫此回函卡，我們將不定期寄上城邦集團最新的出版訊息。

姓名：＿＿＿＿＿＿＿＿＿＿＿＿　性別：□男　□女

生日：西元＿＿＿＿＿年＿＿＿＿＿月＿＿＿＿＿日

地址：＿＿＿＿＿＿＿＿＿＿＿＿＿＿＿＿＿＿＿＿

聯絡電話：＿＿＿＿＿＿＿＿＿＿＿　傳真：＿＿＿＿＿＿＿＿＿

E-mail：＿＿＿＿＿＿＿＿＿＿＿＿＿＿＿＿＿＿＿

學歷：□1.小學　□2.國中　□3.高中　□4.大專　□5.研究所以上

職業：□1.學生　□2.軍公教　□3.服務　□4.金融　□5.製造　□6.資訊

□7.傳播　□8.自由業　□9.農漁牧　□10.家管　□11.退休

□12.其他＿＿＿＿＿＿＿＿＿＿＿＿＿＿＿＿＿

您從何種方式得知本書消息？

□1.書店　□2.網路　□3.報紙　□4.雜誌　□5.廣播　□6.電視

□7.親友推薦　□8.其他＿＿＿＿＿＿＿＿＿＿＿＿

您通常以何種方式購書？

□1.書店　□2.網路　□3.傳真訂購　□4.郵局劃撥　□5.其他

您喜歡閱讀哪些類別的書籍？

□1.財經商業　□2.自然科學　□3.歷史　□4.法律　□5.文學

□6.休閒旅遊　□7.小說　□8.人物傳記　□9.生活、勵志　□10.其他

對我們的建議：＿＿＿＿＿＿＿＿＿＿＿＿＿＿＿＿＿＿＿

＿＿＿＿＿＿＿＿＿＿＿＿＿＿＿＿＿＿＿

＿＿＿＿＿＿＿＿＿＿＿＿＿＿＿＿＿＿＿

為提供訂購、行銷、客戶管理或其他合於營業登記項目或章程所定業務需要之目的，家庭傳媒集團（即英屬蓋曼群島商家庭傳媒股份有限公司城邦分公司、城邦文化事業股份有限公司、書虫股份有限公司、墨刻出版股份有限公司、城邦原創股份有限公司），於本集團之營運期間及地區內，將以mail、傳真、電話、簡訊、郵寄或其他公告方式利用您提供之資料（資料類別：C001、C002、C003、C011等）。利用對象除本集團外，亦可能包括相關服務的協力機構。如您有依個資法第三條或其他需服務之處，得洽詢本公司服務信箱cite_apexpress@cite.com.tw請求協助。相關資料不提供亦不影響您的權益。

□我已詳讀權利義務之相關條款，並同意遵守。

請於此處用膠水黏貼

宮部みゆき